魅丽文化 飞魔幻工作室

捕捉一只野生男友

过程艰辛 不可描述

缺席琵琶手——著

江苏凤凰文艺出版社
JIANGSU PHOENIX LITERATURE AND ART PUBLISHING, LTD

图书在版编目（CIP）数据

捕捉一只野生男友 / 缺席琵琶手著. -- 南京 : 江苏凤凰文艺出版社，2017.10
ISBN 978-7-5594-1151-8

Ⅰ. ①捕… Ⅱ. ①缺… Ⅲ. ①长篇小说—中国—当代 Ⅳ. ①I247.5

中国版本图书馆CIP数据核字(2017)第234524号

书　　名	捕捉一只野生男友
作　　者	缺席琵琶手
出版统筹	黄小初　邹立勋
选题策划	罗　婷　易思嘉
责任编辑	胡小河　姚　丽
文字编辑	易思嘉
责任监制	刘　巍　江伟明
出版发行	江苏凤凰文艺出版社
出版社地址	南京市中央路165号，邮编：210009
出版社网址	http://www.jswenyi.com
印　　刷	湖南凌宇纸品有限公司
开　　本	880 mm×1230 mm 1/32
字　　数	184千字
印　　张	8
版　　次	2017年10月第1版，2017年10月第1次印刷
标准书号	ISBN 978-7-5594-1151-8
定　　价	32.80元

（江苏凤凰文艺版图书凡印刷、装订错误可随时向承印厂调换）

目录

Contents

目录

Contents

一

追求进行曲

A. 风中的费洛蒙

·1·

我叫陈小撸，男友C博士在读，他是我费了吃奶的劲儿追来的，这过程既艰辛又坎坷，还不要脸。

我和他初次相遇在羽毛球场。那是我大二的第一个学期，有一天羽毛球社学姐上门招新，问我们有会打羽毛球的吗。我随口便答："羽毛球谁不会呀？"于是她便拿出一张入社申请表要我填了。

这么上赶着肯定有猫腻，再说我根本不想参加什么羽毛球社，像我这种资深懒癌患者能靠着绝不直着，能躺着绝不站着。虽然我体育课选的也是羽毛球，但那是因为我没选上交谊舞，最后在气功和羽毛球中，我被迫选了后者。

我礼貌地回绝她说："我已经加入了别的社团。"

但学姐毫不在乎地说："那有啥关系？社团多多益善嘛。对了，你知道A君和B君吗？"

我还没来得及回答，室友蒙奇奇从厕所冲出来大声说："知道啊！我知道B君！他长得帅呆了！"

学姐甚是骄傲地说："类似A、B这样的同学啊，我们社里多得是。"

听她这么说我将信将疑地接过了报名表，甚至产生了要填写的冲动。

大一时，我加入过一个叫"觅食小分队"的社团，社里唯一的活动就是聚餐，在各种饭馆聚餐。一共十来个成员，五六个男的，七八个女的，全是歪瓜裂枣，统共聚了两次我就再也不愿意去了。

"真的都像A君和B君啊？"我问。

“那当然，都是一米八以上的大高个，拥有六块腹肌的那种。”学姐气定神闲地答。

受到那幅美好画面的蛊惑，我赶紧找笔填表，边填边吹嘘自己羽毛球打得有多好。

B君是什么样子不知道，但我知道A君啊，长得跟张震差不多。

学姐还说了，如果我们通过了社内考核，就能进校队，还有机会代表学校参加比赛。当时我自我感觉特别良好，以为我进校队基本是有谱的事，不属于异想天开。抱着和“张震”并肩作战的美好愿望，我开始积极备战准备冲击校队了！

只是学校羽毛球馆永远是稀缺资源，场场爆满，永远找不到空的场地。学姐给我支着儿说，有几块场地是羽毛球社的固定练习场，如果我对学长学姐们嘴甜点，说不定能跟着蹭蹭场子。

于是想见A君的我和想见B君的蒙奇奇问隔壁借了副球拍，雄赳赳、气昂昂地出发了。

·2·

我们在场边观察了一会儿，社里固定的练习场有三块，其中两块都有人在进行双打，只有一个场地是两个男生在练习单打。我碰了碰蒙奇奇说：“两个人就占一块儿场地，也太浪费了，要不我们跟他们资源整合一下，组个混双吧！”

蒙奇奇有点胆怯，说人家打得那么好，就咱这臭技术，不合适吧？

我不以为然地说：“谁臭啊？我技术好着呢！”说着便觍着个“囧”脸去了。

当时那两人正打得难解难分，我趴在网架边看了好一会儿才找了个球出界的机会，凑上去说："学长，我们有两个人，能和你们一块儿打吗？"

那位学长一边捋着球上的毛，一边打量我和蒙奇奇。他张了张嘴刚想说些什么，场对面的男生抢先发声了。他隔着网，叉着腰，中气十足地冲着我们说："不行！你们上那边玩去吧！"

这位将话说得斩钉截铁并毫无余地的，便是C君了。

可我哪是轻言放弃的人，我没理会C君，厚着脸皮对着捋毛的学长说："试两拍吧，就试两拍。"

"那……就两拍啊。"捋毛学长示意我们上场，对着场那边一脸不情愿的C君说，"累了，歇会儿。"

于是我和捋毛学长搭，蒙奇奇和C君搭，但她基本可忽略不计，因为她全场没碰过球，球过来了还总缩着身子躲，不知道的还以为她在玩丢沙包，不一会儿她就自动自觉地靠边站了。

但即便在1V2的情况下，神勇的C君也未落下风。他好像有点看我不顺眼，总往我这边打追身球，那球速快得我连球在哪儿都看不清，身子根本移动不开。有时候他一个跳杀过来，球拍和身子都要飞出去了，还没十分钟我就累得满身大汗，气喘如牛了。

后来我问C君："我在你生命中第一次闪亮登场打的那场球，技术怎么样？"他很客观地说："不怎么样，在业余里也是烂透了的，真佩服你敢上场的自信。而且你老半蹲着，还总往地上扑，我老觉得你是在练蛤蟆功。"

什么玩意儿，当时我还觉得自己超水平发挥了呢！

最终实在体力不济，我灰溜溜地退下场来，盘着腿坐在场地边上观战。看着看着我帮他们当起了裁判，在场边乱喊"出界""界内""擦网”，一副自己很懂的样子。C 君数次对我投射过来复杂的眼神，我估计他当时可能是在想：这人玩得挺嗨呀。

我喊得口干舌燥，看见场边放了几瓶矿泉水，我猜那是社内福利，于是我便随手拿起那唯一一瓶鹤立鸡群的宝矿力水特拧开喝了。

中场休息时 C 君跑到场边拿水，他可能也看上那唯一的一瓶宝矿力水特了，因为他走过来弯腰顺势一捞，在原先摆放宝矿力水特的位置上抓了个空。

他微微一怔，抬起头看了我一眼，我抱着汽水瓶冲他甜甜一笑。他皱了皱眉，表情有点困惑，但也没说啥，退而求其次地拿起了一瓶矿泉水。我估计他当时可能是在想：这人谁呀？满场胡说八道还喝我汽水？！

反正那一次后，我对 C 君留下了深刻的印象，他长相并不惊艳，但五官齐整，眼底眉间自有一股子逼人的英气，一看便是从小学一年级开始就年年得“三好学生”奖状、《学生手册》上盖满了小红花、德、智、体、美、劳全面发展的好苗子。

但更重要的是，他球技超棒，连蒙奇奇这样的菜鸟也能看得出：我那个搭档比你那个厉害不少呢。

他的步伐蹑影追风，挥拍力拔山河，那一拍扣下去，汗能甩我脸上，风能掀起我的刘海，直到走出球馆我仍能感觉到那阵风萦绕在脸畔，带着浓烈的费洛蒙，整个空气都让人心浮气躁的。

• 3 •

一来二去的总去球场蹭球，我和 C 君熟稔起来。

有天在路上碰到了招我入社的安心学姐，她说周六我们学校和某学校有比赛，问我去不去看。我问她谁参加了，她说了几个名字，我一听有C君，就动了心。

后来周末我还真去了，当时场上好几队在同时进行，我就跟着C君的场子跑。他赢了第一场后坐在椅子上休息，我跑过去狗腿地问他："手酸不？腿酸不？"他把腿往旁边空着的椅子上一搭，说："酸！"然后乐着瞅我。

我看着他湿漉漉的大毛腿，有点下不去手。于是我扯下他脖子上搭着的毛巾，铺在他腿上，蹲在地上卖力地一通胡捏乱按，边按边问他："怎么样？"他闭眼冥想了一会儿说："不怎么样。"

这时又过来一个学长坐边上了，说："哟，还有马杀鸡服务，给我也按两下。"

C君睁开眼看了他一眼说："腿上穴位可多，你小心她给你点了死穴。"

我一听不敢按了。他抖了抖腿说："哎，别停，我不怕点死穴，不过你别光按一条腿，都按肿了，换条腿接着按。"

我十分无语。

准备上场了，他从椅子上站起来，伸出大拇指在我额头按了一下。我莫名其妙，问他："干吗？"他笑着说："给你点个赞。"

我心一动，默想：集齐九个赞能召唤出个男朋友吗？像他这样的就行。

C君又打了三场才进到决赛，而对手运气绝佳，轮空了两轮。

决赛最后一局，两人比分交替上升，抢赛点紧张得人心脏病都快发了，最后因为C君一个发球失误终结了比赛。他当场就把拍子摔了，躺在地上大口大口地喘着粗气。看着他剧烈起伏的胸膛，我也莫名地觉得心疼。

蒙奇奇在边上说："看不出他得失心还挺重，不过是场小小的校际赛嘛。"

我白了她一眼说："你懂个屁啦！"

看着他好哥们儿将他拽了起来，看着他沉重的步伐，一脸的沮丧，我想我就是在那一刻爱上了他吧？

胜利时的他霸气侧漏，神采飞扬，我顶多是崇拜他、敬仰他；而失败时的他暗淡无光，汗水淋漓，让他原本就不是很出色的面容看上去甚至有些丑陋，平凡无奇得和芸芸众生中擦肩而过的路人甲一副模样，我却不落俗套地被这样一副面孔叩动了心门。

我看到了他的弱点，感受到他有血有肉得如此鲜活，心就这么不费吹灰之力地陷了进去，你说感情的事该找谁说理去？

·4·

自打确定了对C君的心思后，我就一直想找机会向他袒露心迹，但校园那么大，能偶然遇见的机会少之又少，我只能去他最常出没的球馆碰运气。

有次我去了，但他并没有来，我郁闷地坐在一旁发呆，安心学姐坐过来跟我说："看谁看得那么入迷啊？A君还是B君？"

A君和B君虽然球打得不是数一数二的，但长相是数一数二的。他们也是社团干事吸引学妹最好用的撒手锏，好多女生都是冲着他俩来的。但这两个男神实在太高冷，很难接触，有的人觉得连话都跟他们说不上就不太来参加活动了，还有的人就退而求其次了，那个"其次"便是C君。

他相对不那么高冷，至少能给你一些礼貌的回应，而不是一个大大的臭脸。所以跟他搭讪的学妹挺多的，当然我就是其中最凶残的一个了！

我诚实地跟安心学姐说：“我对A君B君都没兴趣。”

她说：“那就是为了C君呗。”

我不说话，挠着头傻笑。

“那你可前路漫漫了，”安心学姐有些同情我，“A、B只是眼光毒，C是根本没那心思啊，清心寡欲得让我们都喊他C长老。”

我有点诧异，但并没当回事，听过两个推销员去非洲推销鞋子的故事吗？一个推销员到了非洲一看，说：“天哪，他们都不穿鞋，我怎么能向他们推销鞋子？”而另一个说：“天哪，他们都不穿鞋，我得卖出去多少鞋子啊！”

很多市场需求是需要引导的，因为消费者根本不知道自己需要什么。我就是抱着第二个推销员的乐观态度，觉得他若是没有需求，那我可以给他创造需求嘛！

·5·

那段时间比赛多，C君练球练得比较频繁，基本我每次去都不会扑空。据我观察，他打球时间固定在下午五点到七点之间，我便掐着时间六点半到场。

来早了极有可能会被学姐拖上场替打，那我才洗过的蓬松头发和精心描画的淡妆不全毁了吗？方方面面都得考虑周全，为了他我也算是机关算尽了。

终于等到C君背上球具准备离开，我上前假装偶遇。

他看到我有些诧异，说："你不是刚来？"

我假装镇定地说："来晚了，找不到场地，打算直接去食堂吃饭了，你去吗？要不请我吃饭吧？"

C 君一摸裤袋说："没带饭卡。"

我赶紧献宝似的掏出饭卡说："我带了！我请你！我跟你说这边食堂的蜜汁鸡腿简直棒呆了，我请你吃一个吧！不过下次你可得请我啊。"

"哦……好……好吧……"

C 君几乎找不到插话的缝隙，就被我拽着走上了通往食堂的岔路。那顿饭我吃得美滋滋的，蜜汁鸡腿也空前绝后地香甜。

但好景不长，第二次我便发现他是个骗子了，他白吃了我一个大鸡腿，却坚决不肯回请我！因为我再用同样借口拐带他时，他就推托说一身臭汗要回去洗澡，死活不让我再把他引上通往食堂的岔路了

于是单独相处的时间从一顿饭的时间缩短到了从球馆到寝室的时间。更糟糕的是，情况还在每况愈下，后来从球馆到寝室的双人行又变成了三人行、四人行，我慢慢察觉到他刻意的疏离。

而那只落空的大鸡腿一直欠到我和他在一起后，我才报复性地讨还。它的象征意义强烈，我像得了病一般顿顿要吃，少一顿都不高兴，吃到卖鸡腿的阿姨一看到我来就笑眯着眼用大颠勺舀起模样最俊的那一只，就等着放进我的饭盒。

如此这般几次，我的意图已成司马昭之心，C 君也不止一次话里话外地暗示，说他现在并没有谈恋爱的打算，觉得交女朋友是个太麻烦的事儿，没精力也没时间。

我说："你大可以腾出打球的时间谈恋爱啊。"

他说：“我花时间打球能提高球技，强身健体，花时间谈恋爱能得到什么？”

这话颇有点看破红尘的味道，难怪别人要叫他C长老。

可我认为当男生搬出不想谈恋爱的借口时，需要分辨他到底是真不想谈，还是只是不想和你谈，这点相当重要。

而女人的直觉告诉我，他不讨厌我，甚至还有点喜欢我。

为了不让别的小妖精有可乘之机，我决定率先跟他表白，我得确保他一旦动了谈恋爱的心思，我能排在队伍的头一个接受检阅！

·6·

打算跟C君表白的头一晚，我们寝室紧急召开了卧谈会。

六个室友旗帜分明地分成了两派，一边是主战派，一边是主降派。

主战派积极为我的表白计划出谋划策，主降派一个劲地泼冷水，说：“你可别去丢人现眼了。”气得我想跟她打一架。

主战派加我一共五人，而主降派只有一人，就是我的死党蒙奇奇。

蒙奇奇天生怂货一个，国家退堂鼓一级演奏家，她心里有喜欢的男生，硬生生暗恋了五六年也没敢让他知道。我不止一次地劝她：“你得说出来啊，不说谁知道？万一他也喜欢你呢？你说了起码还有一半的机会，不说连一丝机会都没有。”

她说：“我知道他不喜欢我，所以我永远不说就永远不会失败了。”

可她也永远不会成功啊，反正已经踏着底线了，为何不背水一战呢？为何就顺从地走进黑夜呢？反正我完全不能理解她，天想给你下烙饼，你起码还得主动仰起脸等着接吧？

经过一夜脑力激荡，我总结出了几种表白方式，含蓄如写封情书，狗血如在他宿舍楼底摆蜡烛，恶俗如送花，而脱俗的一个都没有，集齐一屋子单身狗的脑袋也想不出一个耳目一新的招式。

当大家集体陷入沉默的时候，蒙奇奇冒出一句：“成不成不在于方式啦，他要是愿意，你捡坨狗屎送他他也愿意；他要是不愿意，你把你的心掏出来雕朵花他也不会看一眼。”

竟一语成谶。

B. 慢慢去追求一个人

·1·

表白那天我特地看了看皇历，明明白白写着“宜嫁娶”。

我偷偷溜进球场，远远坐在场边隔着好几块场地看他，心里惴惴不安，来来回回地在心里的沙盘上推演着。

我打算问他“你今晚有空吗”，如果他说有，我就说“一块儿去看场电影吧？最近有部《里约大冒险》听说挺好看的”。C君并不是那种有枣没枣打一竿的男生，如果他愿意和我去看电影，这事八成就有谱了。

但如果他说没空，我就邀请他去不远处的咖啡厅坐坐，等气氛到位了，我便将我的小心思娓娓道来。

就这样一颗红心、两手准备，我等到了他收拍下场。

我急忙飞奔过去，临近了又放慢脚步，踱着步子走过去跟他打了个招呼，依照预演的流程问他：“你今晚有空吗？”

正在收背囊的他抬起头看了我一眼，既没说有空，也没说没空，反问了我一句：“你有事吗？”

我故作轻松地说：“想请你看电影呀，听说最近有部动画片挺好看的。”

他笑了一下说：“多大个人了还看动画片。”

他提起背囊背上，跟场上的球友们道别，飞快地朝门口走去。

我一路小跑着跟上，问他：“那你想看啥嘛？”

他说：“我哪有空看电影，晚上我还得去实验室呢。”

A计划失败，我赶紧上B计划，邀请他去咖啡馆坐坐。

他拎了拎身上浸透了汗水的球衣说："你看我这样上咖啡馆合适吗？"

后来C君颇为得意地跟我说："那天我看你过来的时候架势不对，还问我晚上有没有空，我就猜到你终于要对我下手了。于是我果断选择不换下脏衣服，这样就有借口应对你接下来的招数了，你说我是不是特别的机智？"

可当时我哪知道他这浓眉大眼的也如此工于心计，我还傻呵呵地跟他说："没事，你先回寝室换衣服，我等你。"

他停下了脚步，站在原地说："你想说什么，就在这儿说吧。"

计划完全赶不上变化，没有电影院，没有咖啡馆，没有C计划，在人来人往的羽毛球场门口，我打好的腹稿已全部忘掉。当时我脑门充血，硬着头皮结结巴巴地说："我、我猜你已经看出来了，我、我挺喜欢你的……"

面对我的窘迫，他显得从容多了，淡淡一笑说："的确看出来了。"

"那、那你怎么说？我可不可以做你的女朋友？"

他几乎没有考虑，特别痛快地说："抱歉，不可以。"

虽然我已经做足了心理建设，也知道这个表白赢面不大，但听到他明明白白的拒绝，我还是有些高空速降的失重感。我急火攻心地跺着小碎步问他："为什么？我是哪里不好？"

"你挺好，是我没这方面的打算，一开始就跟你说过。"他拍了拍我的肩语重心长地说，"别瞎琢磨了，我看你也不是很喜欢打羽毛球，以后别在这儿浪费时间了，回去好好学习吧，我先走了。"

我心情复杂地看着他离去的背影，缓了一阵，没有想象中那么锥心刺骨，他的反应也早在意料之中，只是得到了答案我又有些迷茫，不知道接下来该如何继续了。

·2·

回到寝室，蒙奇奇第一个上来问我战况如何。我一脸平静地说："我说了，他拒绝了。"

蒙奇奇马上拍拍我的背说："没事，中华男儿千千万，不行咱就马上换！"

我一脸坚毅地说："不！他说拒绝就拒绝？他问过他爸妈吗？"

蒙奇奇奇怪地问："问他爸妈干吗？"

"万一他爸妈喜欢我呢？这都是说不准的事，反正我是不会放弃的！"

她摸摸我的头，说："这孩子别是被刺激傻了吧！"

室友纷纷对我表达了慰问，还送来了饼干、巧克力等战略物资要帮我渡过难关，但我全部回绝了。

为了这次表白，我提前半个月就开始减肥。现在想想，为了C君我真的是豁出去了。我这么不爱洗头的人，为了他三天两头地洗，就怕哪天在路上遇着了，我呈现的不是最好看的一面；我这么爱吃的人，为了他，连蛋糕面包都戒了，晚饭只啃一个苹果，每到晚上九十点饿到抓心挠肺的时候，我就不住地催眠自己：忍过一时风平浪静，忍过一夜海阔天空，忍过半个月这个男人就是你的！

半个月的时间我瘦了四五斤，虽然已经美出了脱离娘胎后至今的新高度，但我还是被拒绝了。

晚上辗转反侧，我一直在心里复盘表白的过程：是不是这里说得不好，那里表现得太急？如果我这样说会不会结果不同，那样说会不会尚存一线生机？可转念再想，从我说出表白到他说出拒绝，这中间大概只有不到一秒的停顿，这说明他几乎是不假思索的。

可他凭什么呀？我脸那么白，腿那么细，头发那么长，打扮得那么洋气，他凭什么拒绝我？他不过就是球打得还行，其他根本没有过人之处，他平时总穿着理工男标配的格子衬衣、牛仔裤，仔细看长相也带着胶东半岛固有的乡土气息。嘿，我居然被这样的人在半秒钟内拒绝了，半秒！

不甘和屈辱淹没了我，我狠捶了几下床板。下铺的蒙奇奇“啧”了一声，翻了个身。

可……那又怎样呢？我把头埋进枕头里，我变本加厉地更喜欢他了。我甚至在想如果当时他接受了我，他在我心里的形象反而会大打折扣。

不知道怎么的，那一瞬间，斗志又盈满了我的胸口！

在午夜一点半的深夜里，我给他发了一条短信，吹响了我冲锋陷阵的号角。

“虽然今天你拒绝了我，但没关系，明天你还要继续拒绝我！”

• 3 •

第二天早上醒来，我意外地发现他给我回了个问号，发送时间是午夜两点多。

他也是想我想得睡不着吗？我这样不要脸地想。

我照常去食堂吃饭，去教室上课，去图书馆写作业，打算写到晚上六点钟左右再去球场堵他。

那天我坐的位置正好在中央空调出气口的下方，冷气一股一股地往我脖子里灌，冻得我起了一身鸡皮疙瘩，让我在三伏天里连打了好几个寒战。我看了看坐我旁边的妹子，短袖外面罩了件开衫。她或许觉察到了我的目光，扭头看了我一眼，似笑非笑，仿佛是在说：不常来吧？

作业昨天就该交，可是我昨晚心情实在糟糕，在床上躺了一晚上。早上我跟助教说了半天好话才宽延到今天，但恶劣的环境严重影响了我的进度，我的脑子僵，手指也僵，越急越蹦不出字儿来，眼看着时间已经过了六点。啊，我不能出师未捷身先死！

最后我以百米冲刺的速度冲进了球馆。

一个和我擦肩而过的人喊了句："你跑这么急干什么？"

我匆匆地说："打卡要迟到啦！"

我紧张地在每块场地上搜寻C君的身影，他总穿黄色球衣，还是挺扎眼的……嗯？突然我觉得有些不对劲。我猛一扭头，就看见C君背着运动包就在我身后几步远的地方，正一脸诧异地看着我。

好个众里寻他千百度。

我扭扭捏捏地踱到他面前，有点不好意思看他。

他问："你打完卡了？"

我说："嘀，打完了。"

·4·

晚上回去，我生病了。我背疼，头疼，浑身发冷。

我裹着两条毛巾被还在瑟瑟发抖，蒙奇奇爬上来看我，说："你这是急火攻心了，多喝点热水吧。"

我牙关打战，哆哆嗦嗦地说："好冷，快把贝多多、达芬芬的毛巾被都给我抱过来。”

于是她下了床开柜子、关柜子地鼓捣了半天，又吭哧吭哧地爬上来，给我带上来一床棉被，说：“还好芬芬冬天的被子没收起来，鸭绒被最顶事！”

我顿时心中一暖。

她跪在我的床铺上，把卷好的被子往我身上一扬，突然一个灰黑色、毛茸茸的东西从被套里掉了出来。她定睛一看，猛地扯起嗓子大喊：“妈呀！死老鼠！”

我垂死病中惊坐起，下床的楼梯被蒙奇奇占着了，生死存亡之际，我慌不择路地选择徒手跃床栏，用仅存的力气直接从近两米高的上铺跳了下来。

于是我右肘关节脱位了，整个手臂两分钟内肿大了两倍。

我疼得哇哇直哭，蒙奇奇也跟着哭。在医生帮我正位的时候，我痛得快失去理智了，想着以后生孩子的痛应该也就这样吧？

关节复位好，包上了三角巾，我都不哭了，蒙奇奇还在一抽一抽地认真听大夫交代。内服药怎么吃，外敷药怎么上。

贝多多和达芬芬闻讯赶来，芬芬手上拎着那只灰黑色、毛茸茸的老鼠。

蒙奇奇吓得躲得老远，说：“你还拿来！快扔了，快扔了啊！”

芬芬把那只“老鼠”使劲一捏，发出了清脆的“嘎吱”声。她一脸无可救药的表情，说：“这是我的钥匙链！我说怎么莫名其妙地不见了，原来是卷到被子里收起来了！就这个吓得你们其中一个把手都摔断了？”

我和奇奇面面相觑。

“蒙奇奇，你是猪吗！”我忍不住大吼。

·5·

过了两天我去医务室换药，遇到安心学姐来开感冒药。

她看到我吊着膀子，吃惊地说：“哎哟，你咋了？伤得这么严重？”

我没好意思说前因后果，只得说是不小心摔伤了。

这两天我吊着膀子没法去球场打卡，也好几天没洗头了，这糟糕的形象实在不宜被C君见着。我半开玩笑地问她：“这两天不在，C君没背着我拈花惹草吧？”

安心学姐愣了一下，说：“我还一直想问你来着，看你老围着他转，你是来真的啊？”

我耸了耸肩故作轻松地说：“是啊，我已经跟他表白了，但被拒绝了。”

安心学姐一副特别敬佩的表情，拍拍我的肩说：“说干就干，够有魄力啊！换我可不敢。”

我一听，有些敏感地问：“难道学姐也喜欢C君？”

“你看他好，就以为全天下的人都得喜欢他？”

“不是C君，难道是A君？B君是不可能了，听说他刚摆脱单身就开始虐狗了。”

“你眼里除了A、B、C就没别人了是不是？还有D、E、F、G呢。好了，不说我了，既然你跟我坦白了这事，那我以后可得帮你好好看着C，这老小子！”

那敢情好啊！我心里美滋滋的。

果然隔了几天，安心学姐就来送情报了，她跟我说：“晚上C君有比赛，在T大，速来！”

我一看特别激动，一日不见如隔三秋，这么算我都有“十来年”没看见C君了。

傍晚我特地让蒙奇奇帮我洗了头。奇奇是本地人，她一般周末要回家一趟，把攒了几天的脏衣服打包洗了。但她还是问我需不需要她，她可以陪我看完球再回家。我说不用，T大我熟得很，闭着眼我都能摸进去再摸出来。

费了一番周折找到羽毛球馆，我直奔我方运动员准备区，远远就看见安心学姐笑容可掬地冲我挥手。

我兴高采烈地跑过去，瞧见安心学姐和B君说了几句悄悄话，B君恍然大悟地冲着我粲然一笑，转头又一脸高深莫测地拍了拍边上的C君：“给你加Buff的来了，今晚你可得给人家好好表现啊。”

C君扭头看见我，突然拉下了脸，没好气地冲B君说：“瞎扯什么淡！找抽呢！”他说完便拎起包走进了场内。

B君被吼得一脸茫然，说：“我哪儿瞎扯淡了？”

安心学姐对我报以几分尴尬又几分歉意的笑容。她指指C君，又做着鬼脸摇摇手，示意我不要和他计较。

我当然不会和他计较，据我了解，C君是个谦谦君子，对谁都和颜悦色，可他刚刚那样失态，是因为看到了我，怎能不叫人忧伤。

·6·

整场比赛C君状态低迷，打得漫不经心，我总觉得是我影响了他的情绪，可又觉得委屈。我拖着受伤的手大老远地跑来替他加油，他却打得如此散漫，好像故意不给我好好表现一样。

他已经连输两盘了，再输一盘就该下场了，我满耳都是学长学姐的惊呼："网前失误太多了呀！对面也是超神了，怎么杀都杀不死！轻敌了，轻敌了……"

越听越紧张，我掌心冒汗，犹豫着要不要继续看。

我深陷这么一个怪圈，看体育比赛时，但凡我关注并寄予希望的队，基本都会输，没看反而能赢。我也不知道为啥我有这样大的影响力，所以后来每当看到关键时刻的时候，我就要关电视。但我哥每次都跟我急，说："你不看，我还要看呢！"我说："你看吧，输了就赖你！"然后我就躲进房间里，听到欢呼声才跑出来看，庆幸自己的负能量没改变局势。

可现在我一秒钟也不舍得把目光从C君身上移开……于是在我的过分关注下，他三局直落，输得彻彻底底，甚至第三盘他才得了六分。

C君紧蹙着眉下场来，无奈地苦笑。

学姐安慰道："没事没事，轻敌了，这属于在阴沟里翻船。"

我也赶紧凑上去说："都怪我不好。"

安心学姐笑道："关你什么事啦？"

我讪讪地说："我好像是被诅咒了，只要我看的比赛都会输，不管是什么比赛……"

C君看了我一眼，说："那你下次可别来了。"

我马上说："那不行！有你的比赛我一定要来！我是你的铁杆粉丝啊。"

周围一片笑声，C君没好气地瞪了他们一眼，嘴里嘀咕着："还铁杆山药呢！"

后来我是跟着他们队里的大巴车回学校的。我跟在C君屁股后面上车，想和他坐一块儿，谁知道他一屁股坐在了别人边上，我只好坐在了他前面。我跪在座位上扒着椅背假装和后几排的学姐说话，其实一直在偷瞟低头看手机的C君。

车猛然启动，一个踉跄我慌忙抓住椅背。C君抬头白了我一眼，说：“手都瘸了还不老实待着！”

我嘻嘻一笑，说：“那我坐好啦！”

不过是刀子嘴豆腐心，实际上还是很关心人家的嘛！

·7·

拆了绷带，我的手还不能完全伸展到一百八十度，需要按照大夫的要求每天进行屈伸练习。蒙奇奇还把她爸的两枚文玩核桃给我拿来了，让我没事就盘着玩儿。

虽然手的功能还没完全恢复，但球场打卡已恢复，我又能天天往球场跑啦。

社里的人基本都知道我对C君有意思，一看到我就起哄说：“又来找你家C君了。”

我特爱听这样的话，每次都特骄傲地大声答应说：“嗯！”

好像他真是我家的一样。

但当着他的面谁也不敢说，因为他会生气，真生气的那种。但更让他气恼的是，我一点眼力见儿都没有，完全看不出他在极力克制自己的愤怒。

其实哪里是看不出来呢？我又不是瞎子。

那天我带着两瓶宝矿力水特去球馆，准备给C君和他的固定球搭D君，让他们在中场休息时喝。

D君可比C君友善多了，他欣然接受我的好意。而C君则当我是透明的，直接绕过我去拿他自己包里的水喝。

为了缓解场面的尴尬，D君接过我手中的水一股脑地塞进C君怀里，说：“咋这么不解风情呢！”

结果C君又把水掷还给了D君，淡淡地说：“你解，你喝。”

D君说：“我喝就我喝！”然后他冲我一乐，说，“以后你就天天来看我打球吧，别看他了，他有啥看头？！”

我连忙摆摆手，说：“那不行！我可是个专一的人，我要专注C君一百年！”

C君面部一抽，提起球拍子缓缓走上了场，又扭头瞪了D君一眼，眼神里带着三分杀意。那架势，仿佛提的不是球拍，是菜刀。

接下来的对练C君频频劈、吊、扣、杀，那狠劲儿霸气侧漏，把D君虐得够呛。不一会儿，他便示意要换球了。

我捡起那个旧球一看，毛都折了好几根。好家伙，这狠劲儿，显然是把球当成了我在打呀。

·8·

有个室友对我对C君的痴迷特别好奇，她很想知道那究竟是什么样的一个人，能让我如此神魂颠倒，乐此不疲。于是某天她跟着我去了球场，全程见证了我被C君视若无睹的状态。

回来她便痛心疾首地跟所有人说：“你们是没看到哦，实在太丢脸了！这完全是热脸硬贴冷屁股嘛！”她还恨铁不成钢地对我说，“他根本都不理你，你还天天铆足了劲儿追他，也不知道你哪来的动力。”

我满不在乎地说：“他要理我，那还叫追吗？追求追求，就是追在屁股后面求嘛。尔等不懂这个中滋味有多么美妙。”

“还美妙？每天去贴冷屁股有什么可美妙的？”

真是夏虫不可语冰，想见一个人，就每天去见他，甚至连他给你的挫折也抵销不掉这份冲动，还有什么能比这更值得期待？

每天一睁眼我就问一遍自己：今天我征服C君了吗？没有，那就要继续努力了！又是充满无限可能的一天。我从来都没有如此朝气蓬勃过，就跟早晨八九点钟的太阳一样。

室友还在那儿绘声绘色地描述着当时的我有多么可怜，怒其不争地喊着：“自尊呢，你作为女人的自尊呢？！”

我翻了个白眼，说：“我的自尊不值钱，你自尊矜贵，那就加上十八道锁锁在保险柜里等着升值吧！”

我与他本就是平等的人格，我怎么会因为喜欢一个人就失了自尊？这么轻易就会失去的自尊，没了就算了，就像抛个媚眼儿就能勾搭上的男生，白送我也不要。

木心的诗说，从前的日色变得慢，车、马、邮件都慢，一生只够爱一个人。反正时间还有那么多，青春还有那么多，我为什么就不能慢慢地去追求一个人呢？

C. 受伤的白鸟

·1·

我终于和C君去了本打算表白的咖啡馆，且这次可是他主动邀约的。

他一本正经地说："去你上次说的那个咖啡馆坐坐吧，我要和你好好谈谈！"

意识到将有一场硬仗要打了，我也一本正经地点头说好。

他喜欢打球，但又不想每天在球场见到我，这矛盾不可调和，我大概快把他逼疯了。

一路上他走得飞快，我连跑带颠的还落半个身位。

来到咖啡馆坐下来，服务员把菜单递给了我，我翻了半天点了个焦糖玛奇朵，又将菜单递给了他。

他并没有看，直接递还给服务员说："来杯冰水就行。"

我们相对沉默了一阵，他的冰水来了，但他并没有要喝的意思。我的焦糖玛奇朵也来了，我用小勺舀起一勺奶油抿了一口，说："好吃哎，你要尝尝吗？"说着我舀起一勺伸到他面前。

他看了眼勺子，缓缓移开目光看向我，沉沉地呼了口气，说："陈小撸，我是有哪里对不起你吗？"

我摇摇头说："没有啊。"

"那你为什么要这样？是我说得还不够清楚吗？"

我吸了口饮料，不疾不徐地说："你说得很清楚，我也理解得很深刻，其实是你自己不清楚罢了。"

"我不清楚？"他一脸疑惑。

我正视他的眼睛，说："你当我愿意来找你啊？谁想天天来看你一张大臭脸，我的心也不是木头做的，可我就是控制不住我自己啊……你不知道我有多喜欢你！"

C君一怔，避开我的目光扭头看向窗外，良久之后说："我感谢你的抬爱，但我真的……无福消受，既然大家都挺煎熬的，总得想个办法结束这种状态吧？”

我马上说：“没错，我有个特别好的办法！”

他突然眼睛一亮，就像看到了黑暗里的一扇门，示意我继续说下去。

我一本正经地说：“那就是你从了我，跟我回高老庄吧！”

方才面色还有些内疚的C君，脸立马又垮了下来，他没好气地说：“我居然还期待你这狗嘴里能吐出象牙来！我告诉你陈小撸，从今天开始你我桥归桥，路归路，高老庄要回你自己回，我要回我的……狮驼岭！”

我拨浪鼓似的摇摇头说：“那不行，我也要跟你回狮驼岭！”

C君腾地从椅子上站起来，激动地说：“你这人怎么这么轴？我每天要在实验室站十几个小时，只有那么两个小时的放松时间，你现在让我连打球都成了受罪！不要再拿喜欢当作一切事情的借口，喜欢那是你一个人的事，我管不着，但你把它弄成两个人的事，那就是侵害！行，惹不起你我还躲不起吗！”

说完他一招手说：“服务员，结账！”甩下钱后他连找零都不要就扬长而去了。

回去我想了很久他说的那些话，认真反思了自己的做法是否太过于霸道以至于侵害到了他。可思来想去我找不到一种更好的方法让两人都各得其所，我不知道除了这么做，我还能怎么做。我做不到只能远观而不去亵玩他，我要的不是日后一段青涩的回忆，而是实打实的一个他！既然他不会自己走到我怀中，那我主动跳到他怀中还不行吗？

可让他那样备受困扰也并非我初衷，真让人忧伤，为啥世间不得双全法呢？

转天我经过球馆，站在门口偷偷地朝里张望，C君总在最里面的那块场地，站在门口看不太清。突然D君迎面走了过来，我跟做贼似的转身就要跑。他喊住了我说：“哎，陈小撸你跑什么？哦，知道今天你家C君没来，你也待不住了吧？”

噢，他真的没来，真的因惹不起便躲起来了吗？我有些感伤，跟D君说：“学长麻烦你一件事，拜托你帮我转告C君，就说我以后再也不来找他了，让他千万别为了躲我而放弃羽毛球，他打得那么好……”

D君有点吃惊，问：“这从何说起啊？”

我苦笑着道：“这得从宇宙鸿蒙，开天辟地说起了。不过有比赛我还是会去给他加油的，毕竟我还是他的铁杆粉丝嘛……”

晚上我倒在床上胡乱地刷着手机，看到微博上有个博主叫“依萍日记”，觉得挺有意思。我也想建个微博叫“小撸日记”，然后专门记载离开C君的第几天，想他想他……

• 2 •

转眼一个半月过去，我的手已恢复如常。

那天我收到了安心学姐的微信，她说：“社里马上要考核选拔校队队员了，你没事多来球场练练球啊。还有在你离开的日子里，有女队员对你家C君献殷勤献得可紧了。”

我想了想回复她说：“C君已经不是我家的啦，他是大家的！”

安心学姐回复道：“这么快就移情别恋啦？poor boy。”

明明是我被驱逐出境，咋我还成了负心汉？

我试图无视学姐的微信，但那个无事献殷勤的女队员老在我脑子里转，到底是哪个妖精在跟C君示好？她长得有我好看吗？还有C君是怎么个态度？也跟对我似的秋风扫落叶吗？

忍了两天实在忍不住了，我还是决定去球场一探究竟。

时隔一个半月再见到C君，恍若隔世，看他又在场上生龙活虎地高接低挡，我特别高兴。我真的好喜欢他这个样子啊，总让人感觉到生命的鲜活。

我没有上前去打扰他，只是远远地看着，这让我想起了许茹芸有一首肝肠寸断的歌是这样唱的：我也很安静，远远看着你，把想念藏在拭泪的手心，就怕不小心，又会表错情，以为还有余音。

我没有去打扰他，却有人替代了我的位置。

我看到一个穿着一身粉色运动服、束着高马尾辫的女孩握着球拍蹦蹦跳跳地过去了，她硬生生中止了C君和他好哥儿们D君的对练，说了句什么，竟就取代了D君的位置，和C君打起了对拉！

更糟糕的是，她球技竟然不错，和C君对打得有模有样，完全不似我当初的惨状。她甚至还出其不意地打了一记跳扣，C君一时没反应过来，眼睁睁地看着球掉入界内。他倾下身子用球拍把球刮起，又将球轻轻颠回给她，笑着冲她竖了个大拇指。

那一刻我的心电闪雷鸣，这一把我还真是输得彻底啊。

本来我的心湖已趋平静，那天去图书馆上晚自习，我认识了一个数学系的男生，我本该顺顺当当地走入下一段感情中了，可眼前这一幕让我满腔怒意难平。

说到底我还是不情愿踏上命运为我安排的有平静欢乐和心灵安宁的那条路，就像一个在海盗船上出生和成长的水手，总是习惯了与暴风雨去搏斗啊。

回到寝室我千头万绪地坐在床上发呆。蒙奇奇吃完饭回来，看我在床上打坐，问我："吃了吗？"我说："没吃，没心情。"

她说："你又怎么了？"我就把今天在球场看到的那一幕跟她说了。

奇奇说："你不是已经放弃他了吗？那还烦恼什么，人家总得结婚生子、生老病死，你介意得过来吗？"

"可是我只想我一个人给他送终！"我郁郁寡欢地说。

·3·

我是这么想的，既然你不仁，那我也就不义了！

借着社内考核在即，要抓紧时间练球的由头，我又开始了球场打卡生涯。

再次见到我，C君还是带着些情绪，打球时也眉头紧蹙，好似有天大的烦恼。我并没有主动去和他说话，也避免和他有过多的目光接触，试图让他放松对我的警惕。

我装作非常认真地和另外几个女生练球，她们的水平和我差不多，友谊球你来我往地打得倒也还顺畅。

C君的练习场就在我们场地的边上，打了一会儿他们休息了，几个人坐在场边喝水。有个话多的，开始对着我们那场地里的几个女生评头论足："这几个是社里上一批新来的？咋打成这样？安心是咋收的人啊？"

又一个人说："她的策略你猜不透。"

那个人又说了："她自己水平就够次了，这些还不如她呢，不如统统收入后宫给我当啦啦队。”

这话要是C君说的，我得第一个报名响应，但不是他说的，我听着就来气！我扭头瞪了那人一眼说：“你多大的脸，还啦啦队！你算队里的第几号人物啊？”

那人“嘿嘿”一笑冲我乐开了：“哟，还怒了，怎么这点抗压能力都没有啊？”

我没好气地说：“我又不是海豹突击队，要抗压能力干吗？”

场边坐着三个人，两个面对着我们坐着，只有一个人背对着我们，那个人就是C君。听见我们起了争执，他也扭过头来看。

那个人继续逗我，说：“怎么听不得真话呢，这四个人里就数你打得最臭，不如你过来我给你一对一辅导一下吧，包你技术突飞猛进！”

“瞎贫什么呢，”C君一掌拍在那人后脑勺上，说，“起来，我给你一对一辅导一下！”

看那人顿时灰溜溜的模样，我心里乐开了花，没想到C君竟会替我出头。我越想越高兴，动力十足地打一会儿歇一会儿，歇一会儿再打一会儿。坚持了一个多小时，我累到筋疲力尽，好不容易挨到C君收包要走了，我也赶紧和队友告辞。

我追上他，腼腆地说：“好久不见啊。”

他点了点头说：“嗯。”

“谢谢你刚刚帮我教训了那个浑球儿。”

他愣了一下，说：“你别误会……”

我抢着说：“没有误会，反正你那掌就是打得好，打得妙，打得呱呱叫！”

他无言以对，低着头只顾朝前走。

走到了岔路口，我跟他说："我要去食堂吃大鸡腿了，我想你肯定不会去，那就拜拜啦！"

我冲他挥了挥手，在他还没来得及做出反应的时候跑了，给他留下了一个神秘难测的背影。

我怎么都觉得今天的自己好棒棒啊！

·4·

一觉醒来，我尝到了运动过量的恶果。我浑身肌肉酸痛得跟被大棒子狠狠抡了一遍似的，重灾区是手臂，酸胀得连衣服都穿不上。

蒙奇奇一边帮我套袖子一边说："我也是佩服你佩服得紧，为了个男人真不辞辛苦。"

达芬芬说："你可以嗑一粒布洛芬，缓解肌肉疼痛灵得很。"

我一听赶忙说："真的吗？那快给我来一粒江湖救急！下午我还得去练球呢！"

蒙奇奇说："如果你能把这股狠劲儿用来对付学习，奖学金能拿到你手软。如果这男人最终没被你拿下，我都得跑天安门去给你鸣冤！"

我"嘿嘿"一笑，豁达地说："但尽人事，各凭天命嘛。"

当我忍着酸痛去到球馆的时候，却被他的队友告知今天C君有事没来，我一听反而如释重负，球也不练了，直奔食堂吃了个大鸡腿就回来了。

晚上我心血来潮想去图书馆自习，但又怕没位置白跑一趟，突然就想到了那个数学系男生。

我给他发了一条微信，问他晚上去不去图书馆。

他很快就回我说：“去，你呢？”

我说：“我也想去，但去不了太早，肯定占不到位置。”

他说："没事，我现在去，帮你占一个。"

半个小时后，他回信告诉我位置已占好，直接来即可。

蒙奇奇说："你瞧，跟这样的人谈恋爱多省心省力。"

我说："谈恋爱怎么图的是省心？天天躺床上睡觉不更省心？谈恋爱讲究的是激情碰撞，火花四溅啊！"

蒙奇奇哼哼说："还火花四溅，我看你是鲜血四溅！"

我也哼哼地说："你这胆小鬼懂个屁啊。"

晚上我带着专业书去到图书馆，经过书架又随意抓了本小说。

数学系男生看到我来了，冲我憨憨地一笑，把一罐伊利QQ星推我面前说："上次看你喝这个……"

男生心这么细也真是难得。我对他说了声谢谢。我正好口渴，便拆了管子插入罐中啜了一口。

"我一直以为这个是小孩儿喝的。"他笑着说。

"的确是小孩儿喝的，但小孩喝得我也喝得啊。"我回他。

他笑道："我看你就跟小孩儿似的。"

我倒有点不好意思了，低头翻开书看了起来。

他随手拿起我搁在案头的那本小说，"咦"了一声说："《云海玉弓缘》？我人生中看的第一本武侠小说就是《云海玉弓缘》，那还是我上初中时的事。"

"哦？那我问你啊，如果你是金世遗，你会选择谷之华还是厉胜男？"

他思考了一秒钟说："厉胜男吧。"

"为什么？"

他说："厉胜男虽然心肠歹毒，但她叛逆、神秘，又热情如火啊，男人总是会被未知不定的生活诱惑，相比一眼就能看到底的谷之华，我想金世遗很难不对那样的女人动心吧。而且厉胜男为得到金世遗不择手段，神挡杀神、佛挡杀佛的魄力也举世无双，虽然最后她死了，但得到金世遗的爱也算能瞑目了。”

“你觉得金世遗是真心爱她吗？难道不是因为她穿着嫁衣死在他怀中的那个场面太过震撼，成了压倒骆驼的最后一根稻草？毕竟谁也不能跟个死人争宠。”

“压倒骆驼的最后一根稻草只是结果的假象，不能忽略之前的累积啊。武侠世界正邪不两立，让金世遗这样的正人君子承认爱上个邪魔外道的妖女是需要勇气的。你看武侠小说里反派爱上名门正派的，像任盈盈、赵敏、殷素素，哪个不是改邪归正，不惜背叛自己的亲人甚至民族，即便是黄蓉那般不羁，也会为了郭靖敛了性子，死守襄阳至双双战死。这么看，坚持自我一路坏到底的厉胜男还真的是女性角色里的一朵奇葩啊。”

听他说得头头是道，我简直对他刮目相看，而且他的思路甚合我意，我继续问道：“你是说男人都很吃女生穷追不舍这套？”

“这个嘛……”

对面人突然叩了叩桌子，投递过来不满的眼神，嫌我们的低语打扰了她的清修，我们只得噤声。

各自看了一会儿书，我调了静音的手机突然一亮，收到了一条微信。我点开一看，是旁边人给我发的：“想吃雪冰吗？”

这个男的可真厉害，他咋知道我是个吃货？我回他说：“走！”

于是我们就收拾书包，去校门口的甜品店了。

站在柜台边看着墙上的品目单，他问我要什么口味，我说我想要个芒果的。

他说："我建议你啊，要那个抹茶的。"

点完后落座，我问他是不是经常带妹子来吃冰。他说："我第一次来。"

我惊讶地说："那你咋知道抹茶的最好吃？"

他说："我不知道啊，但那个最贵，贵总有贵的道理吧。"

我哈哈笑道："也就贵两块钱。"

他挠了挠头也笑。真是个可爱的家伙。

就在我们头碰头吃冰时，他突然问我："你有没有男朋友啊？"

我说："没有，但有个挺喜欢的人。"

他"哦"了一声，表情有些失望。

我垂着头说："但是人家并不喜欢我，我只是单相思。"

"难怪你刚刚问那样的问题。那你还打算继续吗？"

"你会喜欢一个对你死缠烂打的女生吗？"

"像厉胜男那样？"他笑了笑，说，"现实生活肯定和书中故事不一样，如果女方都到死缠烂打的地步了，那男方应该是真的不喜欢女方吧。"

"无论她做什么都不会改观？"

他想了想，说："我说不好，这其中不确定因素太多了，主要还得看对方是什么样的人，如果是凤姐那样的，那肯定是抵死不从了。"

我说："那我这样的呢？"

他笑道："那还用死缠烂打吗？那是我的福气。"

我也"嘿嘿"一笑，避开了他的目光。

从甜品店出来，他送我回宿舍。在宿舍楼底下告别的时候，他突然问了句：“那个你喜欢的……他是个什么样的人？”

我说：“很普通的一个人，不过羽毛球打得挺好。”

“其实我足球踢得也不错，”他笑着说，“不过还是祝你死缠烂打最终能获得成功吧，如果不成功……”

“那就成仁！”我攥着拳说。

他笑笑说：“真跟厉胜男似的。”

上楼梯的时候我想，谁要做厉胜男只留一座坟？我可是要上他户口本，和他生同床死同碑的人啊！

·5·

我这几天一直老老实实、勤勤恳恳地练球，粉衣女孩的出现，让我突然有了新的思路，巧取豪夺怎么也比不上志同道合啊。

可是练好球真的太难了，安心在队里水平也就处于中下游水平，可是她都能不费吹灰之力将我打得落花流水！

我气得摔拍拎包就走。安心按住我说：“你那么心急干吗？谁能一口气吃成个胖子？我给你找个师傅吧，让他给你点拨一二。”

我一听偷偷拉着她的手臂说：“能安排C君当我师傅吗？”

安心学姐摆了摆手，说：“那不可能，他本来打球时间就不多，还得紧着他师傅的时间呢，他不会浪费自己的时间去带新人的。”

我惊讶道：“他还有师傅？”

“对啊，我们的二队教练。”

我更惊讶了：“他都那么厉害了才是二队啊？”

安心学姐说：“一队是羽毛球体育特招生，国家二级运动员，那些大神你是见不到的，C君现在每天苦练也是为了升一队啊。对了，你现在努力要进的才是预备队呢。”

我丧气地说：“我这水平预备队都进不去。”

“没你想的那么难，只要热情肯学，有一定羽毛球基础就行。再加上你是女生，基本就是抬腿就能进的门槛。”

说着她拉着我走到一个人面前，说：“S君，交给你个任务，收个徒弟怎样？”

我定睛一看，这不是那天嘲笑我球打得臭的那人吗！我立马扭身要走，说：“我才不要拜他做师傅！”

S君乐呵呵地说：“我也不要收她做徒弟，她水平太臭，教她我得累死。”

安心道：“这不才显示出你的水平吗？你要是把她教好了，我给你记一功。”

“可人家还不乐意呢。”

安心学姐凑到我耳边说：“还想不想和C君华山论剑了？”

想，想啊……

我扭扭捏捏地朝S君伸出了手，说：“好啦，我就认了你这个师傅吧！你可要好好教我啊。”

S君撇了撇嘴，握住我的手晃了晃说：“小样儿，还挺勉强。”

他开始跟我讲理论知识，说：“衡量一个人的球技有三方面，进攻占4点，防守占4点，过渡球占2点，三者满点天下无敌，但这是不可能的事，不可能有人进攻、防守一样强。像你经常会看到比赛中一方猛烈进攻，却出现无论怎么拍都拍不死对方的现象，这是因为对方的防守比他的进攻更强。”

我急忙问道：“那我是进攻强还是防守强啊？”

“还哪样强？你没有一样强！你甚至连握拍姿势都不规范，你握一个我看看。”

我抓起球拍给他看。他说：“我看你习惯正手握拍，你的大拇指不要顶着拍棱宽面，这会让你打球时过度翻转，所以你才老打不到球。记住了，大拇指的位置，在宽棱与窄棱之间。”他示范给我看，我依葫芦画瓢。他又跟我示范了手腕姿势、步伐等等，学得我头脑发涨。

我问：“有了正确的姿势，接下来呢？”

S君说：“对于你这样的业余选手，着重练习防守吧，只要防守足够好，面对对方的威胁球能把它挑回后场或放到网前，那就有几分赢面了。”

我一听顿时觉得前途一片光明，喜滋滋地问：“如果我好好练，能和C君打个平手吗？”

S君嗤笑道：“你怎么会有这么荒谬的想法？打球很大程度还得看天分，以你的资质，再让你练个十年也不可能和他打个平手啊。”

我一听立马爬起来说：“那我还练什么啊！黄花菜都凉了！”

S君恍然大悟道：“原来你练球是为了C君？那我可不教你了！把你们这堆狂蜂浪蝶教精了，C君哪里招架得住？还不找我算账啊。”

我不服气地说：“我才不是狂蜂浪蝶！”

他说：“那你是啥？”

我一叉腰说：“我可是正宫娘娘！”

S君差点把肚皮都笑炸了。

• 6 •

我耐着性子认真地跟着S君学了半个月的球，认真到忽略了C君，但技术上没太多的进步，简直让人绝望。

有时候打急了S君就数落我说："我就是教只猫跳火圈也该有进展了，就你这智商还正宫娘娘呢，宫斗剧里你顶多活半集！"

这可太气人了！我到底是为了什么要在这里忍受身心的摧残啊？

而就在我被S君"蹂躏"的时候，那个粉衣女孩又出现了，我心中顿时警铃大作！

她就跟从前的我一样，望夫石一般守在C君的场边。她上身还是那件粉色的T恤，下身是条白色小短裤，特别短，露出一大截白腿。看得我气不打一处来，猛地把我的短裤也狠狠地往上提了提！

S君拿球拍拍我的头，说："看哪儿呢，别走神！"我猛地把球往地上一掼，说："我不练了！"

去他的志同道合吧，反正我也没有打球的天分，再练也就这水平，还不如做回真实的自我，有的人天生就适合巧取豪夺！

粉衣女孩在场边看了一会儿，冲场上挥了挥手，说："D学长，你休息一会儿吧，让我和C君杀两盘？"

C君挥了挥拍示意她上场，D君见状就要往场下走，我赶紧冲了上去，把D君又推回场上说："我们组个混双吧？学长你和她搭，我和C君搭！看看在我这个负数的影响下，你们能不能战胜C君！"

说着我就跑到C君那边去，冲他嘿嘿一笑。

C君有些游移不定，说："陈小撸，我还以为你……"

"以为什么？以为我改过自新了？其实我只是在蛰伏伺机出动而已，现在我胡汉三一个回马枪又杀回来啦！"

C君咬着牙关恨恨地说："你真……无可救药！"

"有药，你啊。"

“闭嘴！”

S君站在场边乐，冲我拍拍手掌喊了句：“加油啊，正宫娘娘，争取活到下一集。”

我冲他做了个“OK”的手势，自信满满地调整握拍姿势，准备接对方的开球。

那个粉衣女孩吊了个前场网前球，我轻而易举地接起，放了个让对方非常舒服的中高球，她直接一个扣杀过来，C君极速迈步上前救起。我扭头冲他笑，他白了我一眼。

粉衣女孩显然是在针对我，频频对我发难，但她的球落点控制还不到家，想打我又打不太准，我接不住的C君必定能替我救起。虽然我水平低，但我搭档强啊，所以场面看上去还不算太过狼狈。

而D君觉得场面有点云谲波诡，他有点搞不清状况，也不太积极参与了。于是形成了我和C君围剿粉衣女孩的局面，她越打越气急败坏，很快就有点体力不支了。突然她做了个“stop”的手势，拖着腿一瘸一拐地往场下走。

C君小跑过去，问她：“怎么了？”她皱着脸说：“刚刚落地的时候脚不小心崴了一下，疼死了。”

我立马翻了个大白眼。她落地时我看得清清楚楚，并没有崴脚的动作，分明是苦肉计，这拙劣的演技骗骗傻乎乎的直男是够了，想骗我这火眼金睛那可行不通。

C君很是关切地问她：“需不需要上校医务室看看？”我站在一旁抠着手指阴阳怪气地说：“崴个脚还上校医务室，医生都没空搭理你，买副狗皮膏药贴上不就好了。”

C君瞪了我一眼，从自己包里掏出了一瓶云南白药气雾剂。我怕他要亲自给她喷，急忙抢了过来，蹲在粉衣女孩跟前说：“学姐，我帮你喷点啊。”

粉衣女孩接过去，态度轻慢地说：“不必，我自己来。”说着她拿着气雾剂对着自己脚踝喷了两下子。递还给C君时，她又换上了另一副面孔微笑着说，“谢谢学长。”

C君说：“你拿着用吧，如果肿得厉害，找点冰块敷一下。”

我一摊手说：“可是根本没有肿哦！”

C君把我推到一边，没好气地说：“你在这里捣什么乱？”

我不服气地说：“谁捣乱了！瞧你这着急样，那么心疼你就把人家抱回去呗！”

他眉头一皱说：“你胡说八道什么！你以为谁都跟你似的诡计多端？”

“诡计多端？”我气坏了，“我看你是眼瞎心也瞎，你打着灯笼也找不到比我更光明磊落的人了！”

他说：“不跟你瞎扯了，我就问你，还能不能老老实实地打球？”

我无比诚实地说：“不能！”

“我看你是成心不让我过清净日子！”说完他回到粉衣女孩身边，说，“走，我送你回去。”

S君晃晃悠悠地踱到失落的我跟前说：“看，又没活到下一集吧！就你这一根筋的脑子，智商、情商双失，还跟人斗呢，你咋就不懂曲线救国呢？”

我说：“你倒教教我怎么个曲线救国法？”

他说：“譬如刚刚那种情况，你若对她的伤势表示关怀，再搀扶着她回寝室，C君肯定念你的好。可你倒好，上来就拆人家的台，惹恼了C君，让他亲自送她回去，岂不是正中人家的下怀了？你呀，没事多看点剧，比如《甄嬛传》什么的，跟人学点心眼。”

我哼了一声说：“如果我都在剧里活不过半集，那说明那部剧只有半集！半集里我就得把那帮贱婢统统乱刀砍死，谁有闲工夫跟她们斗心眼子！”

S君笑道：“你这气魄哪像娘娘，分明是个山大王。我现在有点看好你了，说不定误打误撞的真让你把C君掳回去当压寨相公了。”

嘿，这个“说不定”还真合我心意。

·7·

转眼期末将近，课业愈加繁忙，我抽空去了几次球场，总是扑空，想必C君也正忙着应付考试吧。

虽然不去球场打卡了，但我每天都会给他发一条短信，有时候就是两三个字，“早上好”或“晚安”，有时候洋洋洒洒百来字，跟他讲述今天发生的趣事，风雨无阻。但我从未得到过只言片语的回音，他就跟死了一样沉寂，我甚至怀疑他已经把我拉黑了。

但后来C君跟我说，他并没有拉黑我，因为他压根就不知道我那阵子天天给他发短信。

那时候我哪知道在所有人离开手机就活不下去的时代，他却好似刀耕火种的原始人一般根本就不玩手机啊。打电话、看天气，看新闻，基本就是他手机的全部功能了。

所以那些我点灯熬油、锤字炼句写出来的短信，夹杂在各种澳门赌场、代开发票和诈骗短信等未读信息里，积累几天后就被他一键删除了！我真是无语凝噎。

后来学姐把我拉进了羽毛球队的微信群，我找到了C君的微信号，再三向他发出了好友申请，但他视若无睹，一直也不给我通过。直到有一天早上醒来，我发现他通过了我的好友验证。

太阳打西边出来了？我激动万分地给他发了个“早上好”，然而只得到了系统回复的“你还不是他的好友，请先发送朋友验证”的消息，我顿时蒙了。

我赶紧问蒙奇奇这是怎么回事，蒙奇奇说：“这不是明摆着的吗？他显然是一不小心手滑点了‘接受’，一般人也就将错就错了，但你家C君又不是一般人，所以前脚刚通过，后脚就把你删了。”

嗷，这也太气人了！我立马发了条短信骂他：你就不能将错就错吗？王八蛋！

后来我们在一起后，我方才知道真相远远没有蒙奇奇想的那般简单。他并不是手滑点错，他只是心血来潮地点进了我的头像，看了我的前十条朋友圈，发现还想继续看下去，所以点“接受”通过了我的请求，然后他又在翻完了我所有的朋友圈后，随手把我删了。因为那时候已是深夜，他估计我不会有所察觉，而这一举动，往往会被解读成手滑点错，他大可以全身可退。

听完我顿觉不寒而栗，这世界上咋会有这么阴险狡诈的人呀！我甚至有种不好的预感，以后我可能会被他碾压得翻不过身来。

·8·

羽毛球队里有两大帅哥远近驰名，A君尚且单身，而B君刚脱了单，他没事便在群里和B嫂秀恩爱。

每天看着他们这么秀恩爱，我是既羡慕又嫉妒，不住地幻想着如果有一天我和C君好了，我也要天天在群里秀恩爱，刺瞎其他单身狗的眼。

因为刚进群，啥都不懂，我便虚心地请教：“B君和B嫂是怎么好上的啊？谁追谁啊？”

过了一会儿有人说：“我觉得你应该有这种眼力。”

我说：“哦哦，原来是B嫂追的B君啊！”

那人又说：“事实证明你眼力不咋地。”

我说：“啊，那就是B君追的B嫂？”

这时B君跳出来说：“我追她，当然我追她，这是统一的外交口径。”B嫂也冒出来发了个发怒喷火的表情。

我看出了猫腻，笃定这两人的关系必定是女追男！同道中人啊！抱着取经问道的目的，我向B嫂发出了好友邀请，没一会儿她便通过了我。

我很亲切地跟她寒暄，拐弯抹角地说了一堆有的没的，才拐到了我真正想问的：“嫂子，你是怎么追上B君的啊？这过程艰难吗？”

B嫂回了我一句：“不难啊，我想可能是因为我长得好看吧。”

真是闻者伤心，见者流泪！我都没法再跟她交流下去了。

我好像突然找到所有问题的症结所在了。我打开手机前置摄像头，左看右看，横看竖看，百思不得其解。我趴在床沿，伸出头问下铺的蒙奇奇：“你说我是不是长得很丑？”

蒙奇奇瞟了我一眼说：“不丑，就是挺吓人的，跟贞子似的。”

我说：“我是认真的，你要客观公正地说。”

蒙奇奇白了我一眼，说：“我发现你自打加入了那个羽毛球社，整个人都呈疯癫状态，你还能不能好了？”

我说："不能，除非你跟我说实话。"

蒙奇奇无奈地说："不丑啊，谁说你丑了？"

我说："没人说我丑，可是他的行动已经说明了这一切，如果我长得好看点，故事根本不会这么虐心。"

蒙奇奇说："又是那个C君对不对？他还敢嫌弃你啊？你配他已经是一朵鲜花插在牛粪上了！"

我马上义正词严地说："我不准你说我家C君是牛粪！但我感谢你说我是朵鲜花！"

我突然又释怀了，正如韩寒书里的一句话写道：这个世界就是这样，好马配好鞍，好船配好帆，王八对绿豆，傻逼配脑瘫，在没有太大意外的情况下，万物都会自归其位。

也就是说只要我这朵鲜花乐意，它就注定要插在这块牛粪上，不管这牛粪有多么的傲娇！

• 9 •

终于到了预备队小考的日子，因为安心学姐之前跟我交过底，所以我知道这考核不过是走个过场。

那天参与考核的一共八个人，五男三女。

男生的考官是一个清秀斯文的学姐，几个男生显然没把她放眼里，嬉皮笑脸一派轻松模样。结果一打起来，他们才发现完全不是那么回事！这个学姐看似柔弱，但球风凌厉似男生，暴力击杀起来光她那声清脆的吼声已经吓得对面人腿软了。

看了几个球后，我惊恐地跑到安心学姐旁边说："你不是说就走个过场吗？你看那个男的被虐得体无完肤啊！一会儿我们女生的考官也是她吗？”

安心笑道：“队里男生太多了，阴阳失调，本来对男生考核得就很严，但对女生就完全不同了。再说你们的考官是你师傅S君，你还担心什么呢？”

一听考官是S君，我悬起的心就落下了。

等得无聊，我跑到小卖铺买了个雪糕啃，回来的路上遇见C君背着球包也来了。我跑过去得意地对他说：“今天我们入队小考哦，通过了以后我们就是队友了，以后你不许动不动就叫我滚蛋了，因为这也是我的地盘喽。”

他看了我一眼，嗤笑道：“就你？”

我一边舔雪糕一边说：“小瞧我？不知道主考官是我师傅S君吧？再说安心学姐也是我的人！”

他皱了皱眉，没再说话。

回到球场看见S君也到了，我连忙跑过去谄媚道：“师傅您来了，一会儿得当考官，我先给您‘马杀鸡’一下！”说着我就按着他肩头捏了起来。

他抖了抖肩膀说：“行啦，平时不尊老爱幼的，临场拍马屁，晚了点。”

我说：“临阵磨枪，不亮也光，我是你徒弟，我输了不光丢我的脸。一会儿你多跟我打点对拉，回合多一点场面会好看些。”

S君白了我一眼说：“我还用你教我怎么做？”

那边学姐考官已经连斩了两名男生下马，第三个水平还行，勉强能和她打个平手。

安心招呼S君，说：“那边场地空出来了，你们几个人快速战速决吧。”

我一听急忙把雪糕囫囵吞下了肚，举高了手说：“我第一个上！”说完我冲S君挤了挤眼说，“注意场面，场面！扣球不要！高远球大大的不要！”

S君果然是个喂球高手，想让我赢时，每个球都喂得恰到好处，我能不费吹灰之力地接起，并打出较高质量的回球；他想让我输时，也同样轻易。就这样他一分我一分地交替上升，打到了第一局的决胜球。

我信心满满地正等着接他的发球，突然场外一个声音打断了我们：“你们是在玩过家家吗？”

循声望去，C君抱胸站在场边，一脸的肃穆。

只见他走到S君跟前，抢过他的球拍，将他推下了场，说：“你这考官当得不称职，接下来让我来替你吧。”说着，他望向了我，“我来，你有意见吗？”

场上风云突变，我乐极生悲。还能说什么呢？我只能硬着头皮说：“没有。”

我还没傻到以为他能给我放水，接下来就全靠自己了！我弯着腰全神贯注地等待C君的发球。

他很快发了个网前球，我一个箭步上前挑起，还没回过神来，他便以一个教科书般规范优美的重拍跳杀，直接拍死了我，干脆利索地结束了这一局。

场面一度陷入了沉寂，S君、安心学姐和几个等待考核的女生都傻了眼。

C君没事人一般调了调拍子的网线问道：“需要中场休息吗？还

是接着来？”

安心上前跟他说：“都是些没有威胁的小学妹，你有必要那么认真吗？”

C 君正色道：“我是要保持队伍的纯洁性，什么人都往里放，你当球队是垃圾场吗？”

我心头一紧，捏着球拍，抿着唇：士可杀不可辱啊！

我一咬着牙喊道：“废什么话，接着来啊！”

C 君微微一笑说：“行啊。”

依旧是他发球，依旧发了一个同样的网前球，我以同一个姿势上前接起，他仍然一个大力跳杀结束，整个过程用时不到十秒。

我呼了口气，弯腰捡起球抛给他，又一轮，他仍然是以一个网前球开始，跳杀结束。

我重复捡了十次的球，每次弯腰我都能听见自己滞怠的心跳声，他能用一百种方式让我输得难看，但他选择了最强烈的一种，最大程度地打击我和宣泄自己的怒气。

我把球抛给他，说了句：“能叫技术暂停吗？”

C 君极其绅士地做了个随意的动作。

我走到场边跟 S 君求助，说：“有办法让我多打一拍球吗？哪怕一拍？”

S 君爱莫能助地摇了摇头，说：“以你的水平，他成心要一拍打死你，你是没有办法的。”

我沉默地看着地板。安心拍拍我的肩说：“咱不跟他打了，不跟那神经病一般见识！”

我倔强地摇了摇头，返回了球场。

打到第十五个球，C 君不再起跳扣球，毕竟费体力，他换了正手杀球，我依然是接不到……我心中一片凄风苦雨，恨自己那么没用，也怨他那么无情，委屈的眼泪就在眼眶里打转。

安心喊了我好几次：“停下来吧，不要再打了！”但我置若罔闻。喊不动我她又去吼 C 君，C 君昂着下巴说：“我是舍命陪君子，她不说停，我怎么好意思停？”

如此激将，我不蒸包子也得争口气！虽然光捡球已经累得我眼冒金星，但我就不喊停！实际上我也没法喊，场边已经围了不少看热闹的人，这么狼狈我怎么下得来台？

终于到了最后一球，我死咬着唇，等待他最后一个发球，就像那只决心不再躲闪的白鸟，等待羽箭破空而来，射入它早已碎裂的胸腔。

最后一发他打了个后场高远球，我勉强回拍，他侧身起跳，大喝一声重扣下来，正打中我的胸口。

那一击真疼啊，我捂着胸口，实在绷不住泪如泉涌。我甩下了拍子，狂奔出了球场。

那天的群炸开了锅，我点退群的时候瞥见不知谁在说：过了，真过了。

从那天起，我拒接羽毛球社里所有人的电话，从此不想再和羽毛球社有任何的关系。

回到寝室我跟蒙奇奇说：“我好了！”

奇奇茫然地问：“什么好了？”

我说：“你不是问我还能不能好吗？现在我好了，从今往后，我不会再去追求谁迷恋谁了，这果真是杀敌一千、自损八百的赔本买卖啊，我真是蠢得像头猪！”

蒙奇奇拍拍我的肩说："不晚，还不晚。"

那天晚上，在梦里，C 君还在欺负我，惹得我眼泪又沾湿了半边枕头。

第二天早上，我意外地收到了他半夜发给我的一条短信，说："对不起，我不是有意要打中你的，你没事吧？"

这是他第一次主动给我发信息，看得我又湿了眼眶。我想把它删掉，但终究还是没有狠得下心。

D.N 顾茅庐

·1·

过了一个假期再回学校的时候，我已经满血复活了，还是每天上课下课，就像上学期的疯狂只是一件微不足道的小事儿一样。

但蒙奇奇总认为我是在伪装自己，强颜欢笑，说我不可能好得那么快。

我很笃定地跟她说："你爱信不信！要不是你提起，我几乎都想不起那个人了。"

过了段时间，蒙奇奇说治疗一段失恋最好的方法是进入一段热恋。她说她有一个表哥一表人才，和我绝配，一个劲儿地撺掇着我们周末约到一块儿见面吃顿饭。

我对表哥意思不大，对吃倒是很感兴趣，反正下雨天打孩子，闲着也是闲着，于是我就答应了。

最近我特别馋烤鸭，约会地点便依我所好，约在了烤鸭坊。结果等我们点完了一桌子的菜，表哥才说单位临时有事来不了了，我们都傻了眼。蒙奇奇一个劲地跟我道歉，说这顿饭她请，回去再找表哥给她报销。我倒是一点事儿没有，吃得很是痛快。

因为菜价格不菲，为了不浪费我们俩都吃撑了，相互搀扶着回到学校，转到了操场去散步消食儿。

到了操场才发现，夜跑的人真不少。我们穿插在他们当中，沿着橡胶跑道慢走，不断有人从后面超越我们。我看着他们觉得特别不能理解：“你说怎么会有人没事就上操场跑步呢？跑步那么累。”

蒙奇奇说：“他们同样也不理解我们，怎么能如此浪费生命在吃和睡上。”

这时又一个人从身边快速掠过，我敏感地察觉到他和其他人有些不同，他经过掀起的那阵气流，不一样。他跑得很快，带起了一阵风，那风中有种记忆深处的味道。

我特意看了那人一眼，却突然心跳加速。那个背影好熟悉啊，特别是那小腿肌肉的形状，好像每一根线条我都曾看过无数次一样。

我的目光一直追随着那个身影，在估算着他差不多又要绕过我们的时候，我偷偷扭过身子看。

啊，真的是他！久违了的C君！

他穿着灰色的T恤，胸前已被汗水濡湿了一大片，额前的发也丝丝缕缕地垂搭着，从旁边跑过的时候我还能听见他粗重的喘息声。

蒙奇奇见我目光一直追随着他，也好奇地看了一会儿，说：“咦，这人跑得好快，我一百米冲刺也就这速度了吧？也不知道他能坚持几圈。”

然而我们绕着操场走了两圈，被他绕了五次，直到我们离开操场的时候他还在跑，好像永不知疲倦一样。

那天晚上我又不争气地梦见了他，我梦见蒙奇奇的表哥其实就是C君，他来到烤鸭店看到是我，转身就走了。我满怀着委屈只能拼命地卷烤鸭吃，吃到肚子鼓得比胸还大。

场景一变，回到了操场，我跟在他的身后拼命地奔跑，却怎么都追不上他，急得我干脆挥动手臂直接飞了起来，却又控制不了自己的飞行技能。我从他头顶上掠过，就像只没有束缚的氢气球，越飞越高，越飞越远，直到眼睁睁地看着他消失在我的视线里。不知怎么的，我和他总是事与愿违。

我没敢告诉蒙奇奇我做的这个梦，因为她肯定会摆出一副“我说什么来着”的表情嘲笑我：你还敢说自己好了吗？我也不能再大言不惭地反驳她了。

第二天约着几个朋友去唱K，我一上来就点了首《真爱无敌》，唱了两遍，每唱到“想醒转却无力，心疼无比清晰，若爱过必留痕迹，别问我为何舍不得你”，我都全情投入，声情并茂。当唱到“the city is so empty，只因为这里没有你，the city is so empty，这世界仿佛要失去主题”，我已经陶醉在自己撕心裂肺的哭腔里了。

而当我还想唱第三遍的时候，话筒被蒙奇奇抢了过去，她说：“陈小撸你差不多就得了啊，我要唱《别看我只是一只羊》了！”

·2·

过了几天我去食堂吃饭，进去的时候瞥见门口贴了张宣传海报，好像看到了“羽毛球”三个字。吃完饭出来，我特地站在那张宣传海报前仔细看了一遍，原来是周末羽毛球队和另一所大学有场决赛。

蒙奇奇过来拉我，说：“别再看这些了。”

回宿舍的路上，还是有些隐隐的哀伤袭上心头。

本来我是极力想忽视的，但事与愿违地一直记在了心里，到周末的晚上，我挣扎了好半天，还是一个人跑去看了。

我坐在中间的位置，目光还是不由自主地满场寻找那个身影，但找了好半天都没有看到他。

我有点失望，看了一会儿就出去了，却意外地在入口看见C君和另一男的站在外头抽烟，我们正巧打了个照面。

我犹豫了一下，还是冲他笑了笑，像什么事都没发生过一样问他："今天你不出场啊？"

他点了点头。

我又问："你是受伤了吗？"

他又摇了摇头，很潇洒地吸了口烟，又吐了口烟，然后他拍了拍同伴的肩，笑着说："让新人上吧，我等老矣。"

我说："那以后都看不到你打球了吗？"

他淡淡地说："现在学业忙，抽不出那么多时间练球了。"

我有些失望地说："那多可惜啊，你打得那么好。"

他"呵呵"笑了两声没再说话。我跟他摆了摆手，说："那我走啦。"

他点了点头。我走出了几米，扭头看他，发现他也在看我，只是看到我回头，他便不着痕迹地收回了目光。

糟糕，就是那一瞬间，我本来已经趋于平静的心脏又剧烈地搏动起来，我好像又一次被他拨动了心弦。

回去的路上，我一直默念着：不要瞎想，不要瞎想，想想当初他是怎么折辱你的，你可不能因为他的一个眼神就重蹈覆辙啊！

回到寝室我让蒙奇奇好好骂醒我，快浇灭我心中这蠢蠢欲动的欲火。

她叹了口气，说：“我骂不醒一个装死的人，我也没有那四海之水浇你的三昧真火，你记得别好了伤疤忘了痛就行。”

但我在意的并不是伤疤和痛，而是他的那个眼神，到底蕴含了几层意思？这个问题一直困扰着我，我恨不得变成一只虫子钻进他脑子里一探究竟，恨不得将它夹在载玻片里头放到显微镜底下去分析，看看那里头有没有一分一毫的喜爱存在。

虽然我这颗脆弱的小心脏再遭受一次打击可能就要看破红尘遁入空门了，但我更害怕没把握住这一次机会，机会之门就要永远地关闭了，对于我这样自诩青春不留遗憾的人，这简直是不能承受之重。

• 3 •

转机出现在半个月后。

我在去上课的路上，遇见了许久未见的B君。

我匆匆跟他打了个招呼，就要溜开，他却喊住了我说：“怎么见了人就跑？之前不是一直嚷嚷着想看看你嫂子吗？”

我这才发现他身边还跟着一位女生。我惊愕地问：“这是……嫂子？”

B君一把揽住了她的肩，以实际行动回答了我。

我赶紧朝她伸出了手，说：“久仰嫂子大名。”

B嫂微笑着握住了我的手，然后小声问B君：“她是群里的哪个呀？我对不上号。”

B君笑道：“她就是大名鼎鼎的陈小撸啊。”

B嫂恍然大悟道：“原来是你啊！”

我干笑一声，很是尴尬。我著名的“21：0事件”已在羽毛球社里传成“佳话”，我到现在都不敢往球场那附近去，就怕遇上熟人再讲起那事，甚至连蜜汁大鸡腿我都许久没吃了。

我跟B君说：“我上课要迟到了，先走啦！”说着我拉上蒙奇奇就要跑。

B嫂“哎”一声又叫住了我：“你知不知道C君前几天受伤的事？”

“啊？”我一听急忙折返回来问，“他怎么受伤了？严重吗？”

B君说：“脚趾骨折了，在实验室里出的事故，现在打着石膏呢。”

“呀，这么严重！”我心头一紧。

“你没事可以去探望探望他嘛。”

“这……”我翻着眼珠子望天说，“还是算了吧，我去了他好得更慢了。”

B嫂笑着说：“怎么会呢？”

我想说：怎么不会呢，你大概是不了解我们之间的事儿。

告别了B君和B嫂，蒙奇奇嘲笑我说：“完了，这下你可睡不着了，心疼死了。不过也奇怪，他那实验室里什么事故能把脚趾弄骨折了，难道是被激光枪扫射到了吗？”

我瞪了她一眼，说：“别胡说八道，想我手臂脱臼都疼成那样，骨折肯定是有过之而无不及的。”

“那么心疼你就炖锅猪蹄汤去他寝室探病呗！”

我讪讪地说：“可是我怕他连锅带汤的给我从楼上扔下来。”

蒙奇奇没好气地说：“也不知道他到底在跩什么，早知道你还不如去追B君，你看他女朋友，比你还难看呢！”

“说谁难看呢！”我猛捶了她一拳，但这事真的有点蹊跷。

我一直以为像B君那样的男神，找女朋友肯定也得是女神级别的，可刚刚那么一看，还真是意料之外。B 嫂不难看，但也谈不上好看，不过中人之姿。

也不知道当初她为什么要骗我，说她是因为长得好看追 B 君的过程才一帆风顺的呢？不过也是啊，女生都要面子，谁会对一个不熟的人推心置腹呢？

我只好做出这样的推断：如果她的外在不够吸引人，那一定是内在相当的出色，是位才华出众的大才女。

而我，却是个年年追求及格万岁的学渣。

这么看来，我还真是一无是处啊！

·4·

蒙奇奇对我迟迟没有去向 C 君献爱心表示刮目相看，她很欣慰地说："你可算出息了一回！"

但我没敢跟她说，我迟迟没去献爱心的原因是我压根就不知道 C 君住哪儿，我只知道他住研究生宿舍，可研究生宿舍那么多层，总不能挨家挨户地去敲门吧？

这几天我一直在懊恼当初自己为什么要把所有羽毛球社成员的联系方式删得一个不剩，我至少应该把安心学姐的留下来。我并不是怨恨他们，我只是想把那段时间发生的事彻底封存，不再触碰。可谁曾想我是那么轻易就重蹈覆辙的一个人呢？

我躺在床上从头开始翻我的微信通讯录，看看有没有漏网之鱼。翻着翻着，我突然眼前一亮，我找到了那条漏网之鱼——B 嫂！她就安静地躺在我通讯录列表的最末位，因为之前我没有耐心翻到最后，她逃过了一"劫"。

我试探着给她发了一条信息，说："B 嫂你好，我是陈小撸。"

过了一会儿她回了我说："哈哈，你是不是想问关于 C 君的事？"

嘿！这么直截了当，还省得我拐弯抹角了。

我说："那天听你说他受伤了，不知道他最近好些了吗？"

B 嫂说："那我哪知道？你那么关心可以自己去看看嘛。"

我说："可是我不知道他住哪号楼。"

她说："你等等啊，我问问我们家 B。"

我说："好的好的！谢谢 B 嫂，你们感情这么好，真羡慕你们。"

B 嫂说："没什么可羡慕的，各人有各人的造化。"

唔，好酷。

没过一会儿，她把 C 君宿舍的楼号、门牌号都发给我了。我如获至宝，马上从床上弹起来开始穿鞋。

蒙奇奇奇怪地问："才刚吃完饭，你干吗去？"

我说："我去趟超市买点东西。"

蒙奇奇说："卫生巾我儿这有。"

我说："我不要卫生巾。"

蒙奇奇说："饼干我这儿也有。"说着她递了半袋奥利奥给我。

我说："我不要，你甭管我了！"

说着我就跑出了寝室，到超市买了一些营养品和吃的，然后雄赳赳、气昂昂地往 C 君的宿舍走。当我踏入他宿舍楼的那一瞬间，我真想仰天长啸：我胡汉三又回来了！

· 5 ·

我顺利找到了 C 君的寝室，大门敞开着，我探头探脑地朝里张望了一会儿，C 君没见着，只有一个头发乱槽槽、不修边幅的男生跷着二郎腿在床上坐着。

看到我贼眉鼠眼的，他问我："你找谁？"

我走进屋里说："C 君是住这儿吗？"

男生点了点头，说："对，你找他？"

我忙不迭地点头说："他不在呀？"

男生说："他去食堂打饭了。"

我诧异道："他不是腿坏了吗？怎么还自己去打饭啊？"

男生很奇怪地说："那不然呢？他腿是折了，又不是没了。"

就在这时 C 君回来了，他捧着个饭盒一头扎进屋里，一抬头看到我，那一瞬间他脸上闪过震惊、错愕的表情。看着他五味杂陈的傻样子，我忍着想笑的冲动，他可能是从来没见过这么厚脸皮的人吧，居然都追上门来了。

我笑嘻嘻地把手中的袋子拎起来冲他晃了晃，说："听说你受伤了，我给你带了点营养品和吃的。"我瞄了下他的左脚，的确打着石膏。

他深吸了一口气，平复了一下心情，一瘸一拐地往里走："你拿回去吧，我没事。"

我跟在他屁股后面说："你脚不方便还走那么远去打饭啊，骨折的部位最好不要老动，否则会好得慢的。要不这两天我帮你打饭吧，好不好？"

他冷冷地说："不好。"

我说："你别跟我客气嘛。"

"你看我像在跟你客气？！"他猛地提高了音量，带着明显的愤怒情绪。

我没吭声，看着他一屁股坐在了书桌前，粗鲁地掀开饭盒，盖子“咣叽”一声砸在桌面上，他闷头开始吃饭，闻着味道好像是韭菜。韭菜壮阳啊，我这么胡思乱想着。

我站在那儿，走也不是，留也不是，正进退维谷的时候，坐在床上的那个男生站了起来，他趿着人字拖踱到我身边，伸手扒拉了一下袋子说：“都有什么好吃的？”

我一听赶忙撑开袋子说：“好多好吃的！你随便吃！”

他伸手掏出一盒饼干，说：“哟，进口巧克力饼干呢，我帮你尝尝啊，好吃给你留两块。”说着他冲C君扬了扬饼干盒。

他拿了块饼干丢进嘴里，边嚼边在屋里晃荡，晃到C君身边说：“哎，挺不错的，来一块？”说着他把一块饼干递到C君嘴边。

C君一抬手把他搡开，斥了一句：“滚！”

那人也不恼，又晃到我边上说：“你叫啥？”

我说：“我叫陈小撸，学长你呢？”

“要不你就叫我栋哥吧。”

“栋哥。”

C君呛到了，弓着腰在那儿咳。我赶紧上前去给他拍背，边拍边说：“你干吗吃那么急嘛，也没人跟你抢呀。”

C君一肘子挡开了我，没好气地说：“你快走吧，一会儿舍监要来巡房了！”

“巡房？咱楼的大爷从来没干过这事。”栋哥凑上来说。

“你……滚！”C君咬着牙，气得双目都要喷出火来。

饭盒里的饭还剩了一半多，C君就全倒了，估计是被我和栋哥气得饭都吃不下了。

他在卫生间洗饭盒，我站在门口问他：“你的脚是怎么弄的呀？听说是在实验室出的事？你是不是生气踢柜子，踢得太使劲了才把脚弄折的啊？”

C 君脚后跟一磕，把卫生间的门带上了。

“你要上厕所啊？那我不听。”我很乖巧识趣地跑开了。

栋哥说：“他啊，实验室雇了几个民工搬运器材，他闲着没事去帮忙抬，然后几个人没抬稳，器材落下来砸脚面了，这就是传说中的‘no zuo no die why you try，you try you die don't ask why’。”

他调侃的语调听得我乐不可支，C 君猛地一拉门出来，我赶紧收起笑脸，换上默哀脸。

C 君说：“你可以走了吗？我要午睡了。”

我“噢”了一声说：“那你好好休息，我改天再来看你。”

他淡淡地说：“我一时半会儿都死不了，你不用经常来看我。”

我一本正经地说：“我得经常来表示对你的关心，及时当勉励，岁月不待人啊。”

我转头又跟栋哥交代道：“这段时间 C 君就拜托你了，他腿不方便，如果你能帮他打打饭就最好啦，不方便去食堂打饭的话也可以叫外卖嘛。我跟你说这附近有家黄焖鸡米饭特别好吃，是我吃遍了周围所有黄焖鸡里给肉最多、肉质最嫩的一家。”

栋哥说：“是吗？叫什么来着？我记一下。”

我马上翻出手机找到那家给他看。他记了下来点了点头，说：“嗯，不错，有意思，欢迎你常来。”

“好的。”

我眼角余光扫见C君的脸色那是相当难看了。

我出了门没走两步就听见屋里“哎哟”一声哀号，听着好像是栋哥遭遇了什么不测的样子。

·6·

隔了两天，我忍不住又去C君寝室了。

当时寝室门虚掩着，我偷偷地扒着门框探了半个脑袋进去，一眼便看见C君光着上身背对着门站在屋子中央。

哇！没想到有这样的福利，我瞬间血冲脑门。那虎背蜂腰倒三角的身材看得我眼都直了，情不自禁地咽了口口水。

实际上C君是个很保守的男生，即便在球场，我也没见过几次他赤裸上身的模样，因为他总在球衣里套一件贴身的黑背心，赢球也不撕，输球也不脱，对自己的肉体那是相当吝啬。

就在我还沉醉于C君美好的肉体中时，他突然转过身来。我急忙缩回脑袋，怕被他看到我这副偷窥狂的猥琐模样，却一头撞在了门框上。

我“嗷”的一声捂着额头蹲在了门口。C君像受惊的小鹿一般飞快地抓起床上的T恤套上，然后他看着我恼火地说：“你怎么又来了？！”

我讪讪地走进屋内，怀里还抱着一盆薰衣草，说：“我不是说了会经常来看你的吗，你应该有心理准备了呀。哦，对了，这是送你的花。”说着我把花盆递给他。

他没接，说：“送花早了点，我还没死！”

我说：“这是薰衣草，放在房间里能改善睡眠呢，你闻闻香不香？”说着我把花枝凑到了他鼻子底下。

他一手把花拂开。但我毫不在意，自顾自地嗅了嗅，说：“嗯？怎么不香，还有点臭？我是不是买了假的薰衣草，这不会有毒吧？”说着我就把它搁在了他的书桌上。

C君说：“有毒你搁我桌上是什么意思？快拿走，我不要！”

我说：“没事，我买了两盆，还有一盆放我寝室里了，就算中毒我们也能做个伴儿。”

C君有点崩溃，说：“行，我说一句你能接十句，我说不过你，也不跟你废话了，要不你把它拿走，要不我把它扔垃圾桶里！”

我说：“反正我已经把它送给你了，那就是你的东西了，扔垃圾桶也好，拿开水浇它也罢，都随你。这鲜活的小生命还能不能见到明天早上的阳光，都在你的一念之间。”

我背对着他摆弄着花盆，听见他在连续地深呼吸，很显然是在极力控制想打死我的冲动。

哈哈，太好玩了，我怎么这么爱逗他？

·7·

而事实证明，C君是个相当善良的男生。

隔了一个星期我再去他寝室找他的时候，看见那盆薰衣草依旧完好无缺地摆在窗台上，看上去甚至比我寝室的那盆还要生机勃勃。我凑近去看了看盆里的土，湿润的。这个“口嫌体正直”的boy。

寝室里没人，我便乖乖地坐在C君的书桌旁等着。

C君应该是个爱干净的人，他的书桌干净整齐，每一样东西都各归其位，井井有条。

看来他喜欢看历史书和科幻书，因为书架上有《万历十五年》和《历史是个什么玩意儿》，还有刘慈欣的好几本书，除此之外就是专业书籍和两本英汉词典。

呃，还有一瓶大宝 SOD 蜜。

这时有人进屋了，我扭头一看，是栋哥。

他一进门看见我便咧嘴笑道：“又来社区送温暖了？”

我连忙拿起我带过来的一罐曲奇饼干说：“是呀，这个曲奇特别好吃，想给你们尝尝。那个……C 君没在呀？”

“他去实验室了，说不准回不回来，最近他比较忙。”

“哦……”我有点失望。

栋哥说：“你有啥事找他？我可以代为转述。”

我挠了挠头说：“我就是来看看他脚恢复得怎么样了，没啥正经事。”

栋哥说：“这事就很正经嘛，我会帮你转达你的关切的。”

“谢谢，”我笑着说，“你和他认识很久了吗？”

“不久，不到一年吧，但他的事我基本都很清楚。”

我一听来了兴趣，凑近了问道：“他的事你都清楚？那你知道他以前有过女朋友吗？”

栋哥说：“有啊，好了两年，大四毕业时分了。”

“为什么要分啊？”

“毕业了各有各的志向，分手不是很正常的事吗？”

“志向不同就要分手，那他们是谈着玩的吗？”

栋哥挑了挑眉：“怎么？你谈一次恋爱就是奔着结婚去的？”

我说：“如果对方是我很喜欢的人，我当然想和他结婚啦。反正我也没什么远大的志向，我就想和我喜欢的人结婚，嘿嘿。”

栋哥笑道：“那你现在是在为你的志向奋斗着呢，怪不得精神头那么足了。”

我“嘿嘿”地傻笑：“但希望比较渺茫，我已经碰了好几次壁啦。”

栋哥一副胸有成竹的模样道：“首先，你眼光不错，C 君是个很不错的男人，值得你为之奋斗；再者，别看他外表冷若冰霜，其实他心肠很软，人也傻，所以说你的希望并不渺茫。你再接再厉，我有点看好你。”

栋哥的一番话让我深受鼓舞，从他们寝室出来我的脚步轻快了许多，感觉阳光灿烂了许多，整个世界都泛着金色的、希望的光芒，每个路人脸上都洋溢着莫名的微笑，好像都知道我和 C 君结婚的事已经成功在望了，他们发自内心地为我高兴似的。

一觉醒来，我连我们的孩子上哪个幼儿园都盘算好了。

E. 庭前柏树子

• 1 •

我终于跟蒙奇奇坦白了我去 C 君寝室的事。蒙奇奇一副意料之中的模样说：“我就等你跟我坦白呢。好几次吃完午饭你就神秘失踪，问你去哪儿你也不说，回来就一副捡了一百块钱的兴奋模样，没事还老偷着乐，这么多迹象我都没看出来，那我就是傻子了。”

“我不是故意瞒着你的，我怕你拦着我。”

“天要下雨，你陈小撸要嫁人，我拦你干吗？不过看你这些天的状态，事情是成了？”

“还没成，不过有一高人给我算了卦，说我再努力努力就能成。”

蒙奇奇伸手探我额头：“了不得了，这厮要疯了！”

我拂开她的手说：“你不懂的啦！”

这天我又去找C君。

管楼的大爷出来溜达时看见我正往楼里跑，便拦住我说：“姑娘你找谁呀？”

我随口说：“我找我男朋友。”

“你男朋友是哪个？住哪个寝室？”

我跟他说：“我男朋友叫C，住504，就是这些天脚受伤了，打着石膏的那个。”

大爷频频点头说：“哦哦，我知道他，好的，你上去吧。”

我欢快地往楼上跑，突然后面有个人说了句：“你是C君女朋友？”

我回头一看，一个男生正诧异地看着我并跟了上来。他疑惑地说：“他有女朋友了我怎么不知道？”

我噘起嘴说：“你是谁啊？他有没有女朋友你为什么要知道？”

那男生说：“我和他天天实验室里低头不见抬头见的，他的事我怎么能不知道？”

“啊，你是他研究生的同学？”

他点了点头，说：“这小子居然不声不响地就谈恋爱了！前两天他还在说谈恋爱麻烦，他可不自讨苦吃，合着都是在骗我们呢！”

我一听急忙摆手解释道：“他并没有骗你们，其实我是他……未来的女朋友！”

那男生愣住了："未来的女朋友？"

我说："就是要两三个月甚至半年以后，我才能成为他的女朋友，因为现在他还没答应我呢。"

他哑然失笑道："那你怎么知道两三个月或者半年后他就能答应？"

我嘿嘿一笑说："姑且先这么想着吧，反正我也没什么损失。"

男生笑道："你这乐观精神可了不得。"

走到C君寝室门口，我吃了个闭门羹。我敲了敲门没人应，扒着门缝看了半天，似乎真的没人，我便决定回去。

下楼时又遇到了看楼大爷，他说："这么快就走了？"

我笑嘻嘻地说："我男朋友没在！"

然后到了傍晚时分，我突然收到了一条短信，猛一看我有点不敢相信，擦了擦眼睛再看，居然是C君发给我的，他的短信言简意赅："过来一趟，有事！"

我大体已经猜到他要跟我说什么了，估计等着我的又是一场狂风骤雨吧，但我一点儿也不紧张，反正我早就做好迎难而上的心理准备了。

我一边穿鞋一边喊蒙奇奇："走啦，吃饭去！"

蒙奇奇说："等会儿。"

我说："快点，我还得去趟C君寝室呢。"

蒙奇奇说："那我不去了，我不做电灯泡。"

"我不和他吃饭，就上去一趟说点事，马上下来，你在楼下等我一会儿。"

路上蒙奇奇问我："你和他说什么事？"

我说："不知道，我估计他要狠狠地骂我一顿吧。"

"你是要主动上门讨骂吗？"

"打是亲骂是爱，你不懂的啦。"

蒙奇奇点点头说："你的这点破事确实没人能懂。"

·2·

我来到C君寝室门口，门还是关着的。我敲了敲门，栋哥来开门，我冲他笑，但他皮笑肉不笑，这让我感觉事态似乎有些严峻了。

C君坐在他书桌边，看到我进来便起身过来把门关上了。

我故作轻松地问："你要跟我说啥呀？"

C君走到我跟前劈头盖脸就说："你是不是有病？神经病！"

我认真想了想，说："神经病没有，就是小时候被狗咬过，没打狂犬疫苗。"

栋哥在一旁"扑哧"了一声。C君恶狠狠地瞪了他一眼，又恶狠狠地连珠炮般冲我吼："你不要再东拉西扯了！我真想知道你的脑回路是什么构造，你是正常人吗？你是正常人为什么听不懂人话？你今天都跟我同学说了什么？你以为你是谁？你怎么敢说那样的话！"

看他激动得脸红脖子粗的，我做了个安抚的手势说："你别激动，别激动，我到底说什么了？"

"说什么了你自己不知道？你跟他说你是我女朋友，可你是吗？你是吗！"

我说："我没有说我是你女朋友，我明明说的是'未来女朋友'啊！"

"这有区别？！"

“当然有！未来的事，谁说得准？”

C君冷笑一声，说：“别的事我说不准，偏这件事我能铁口直断！不可能！别说这辈子不可能，下辈子也不可能！”

我哼了一声，说：“话可别说得太死，要是可能了，你怎么说？”

“我死！”

我头一昂胸一挺，说：“好！等我成为你女朋友的那天，我来给你上坟！你要不死得透透的，你就是乌龟王八蛋！”说完我就扭头摔门出去了。

后来“乌龟王八蛋”先生跟我说，他这辈子都没那么生气过，要不是法律制约着他，他都预备着和我同归于尽了。他说：“你好像生下来就是为了来气我似的。”

我气鼓鼓地下楼，又遇到了看楼大爷，他问我：“找到你男朋友了吗？”我说：“找到了，但他已经不是我男朋友了，我刚把他甩了。”

蒙奇奇听完我愤怒的陈述，很忧伤地跟我说：“撸撸啊，三条腿的男人不好找，两条腿的蛤蟆多得是，咱就别在这一棵歪脖子树上吊着了吧？”

我说：“你不懂，我现在可是为荣誉而战了！”

• 3 •

荣誉之战出师未捷。再次去C君寝室的时候，栋哥告诉我C君这几天都不在学校，去邻市出差了。

我问他几时能回，栋哥说不太清楚。看着我忧郁的表情，他说：“这样吧，我加下你的微信，他回来了我告诉你，以后他再有什么风吹草动的，我也好提前通知你。”

我一把握住他的手使劲晃了晃，感激涕零地说：“同志你好，欢迎来到革命大后方，以后我们一起挖战壕，一起设陷阱埋地雷，我就不信有我方野战军拿不下的三大战役！”

栋哥哈哈笑道：“主要还得靠你自己，我只能帮你敲敲边鼓。我就是看不惯那小子成天超凡脱俗的狗模样，觉得你能给他虐出个人样来。”

“妥妥的！”我胸脯拍得“哐哐”响。

就这么的，我在C君的战斗高地安插了一枚全天候的眼线。

晚上我给栋哥发微信，问他C君生日在什么时候，他很快回我是五月。

五月份早就过了，送生日礼物是赶不上了，只能送圣诞礼物了。掐指一算，时间也是相当紧迫了。我急忙伸头跟下铺的蒙奇奇说：“送男朋友圣诞礼物，你说送什么合适？”

蒙奇奇随口说：“手织的爱心围巾呗。”

“可我不会织，我买一条吧？”

“买的意思就差多了，不会织可以学嘛。”

“算了，我问你干吗，一条母胎单身狗的意见根本就没有参考价值。”

蒙奇奇抬起脚使劲踹了踹床板：“谁告诉你我母胎单身？我初中交过一个男朋友，不跟你似的，连初吻都还搁兜里揣着。唉，不能想，当时若爱韩公子，埋骨成灰恨未休啊。”

“怎么又出了个韩公子，你暗恋多年的那个不是姓谢吗？”

“我一贵族公主生命中怎么可能只有一个男人？过去有姓韩姓谢的，将来还有姓王姓李的呢！”

我仰面躺在铺上，跷着二郎腿晃啊晃地说：“韩、谢、王、李，你可真贪心，我觉得我生命里只要有C君一个男人就够啦。你说像我这么有意思的人，要是做了他的女朋友，岂不是更有意思了？初吻，嘻……初吻，嘻嘻……”

蒙奇奇又踹了两下床板：“阁下适度意淫，多了伤身。”

·4·

最终我还是听从了蒙奇奇的建议，决定亲手织一条爱心围巾。

全寝室只有贝多多会织毛线，我买了黑色、灰色、白色三种羊毛线、两根大棒针，跟着她学了一晚上，从简单的平针到复杂的麻花针。我智商极高，很快便织得和她一般无二了。

晚上我在寝室里一边听着刘慈欣的有声小说，一边一针进一针出地做着机械运动。白天上课的时候我也在课桌底下“针耕不辍”，织到两手热得通红，沁出了汗，就快焐出痱子来了。

我悄悄碰了碰蒙奇奇，把手伸过去说：“看我铁掌水上漂！”

“你支个摊儿炒栗子去，铲子都能省了！”蒙奇奇也见惯不怪，无力吐槽我了。

勤奋了几天，我把成果给贝多多看，她“啧啧”地说：“你这织的什么玩意儿，一针紧一针松的，这边儿跟狗啃了似的，这黑毛线和灰毛线接驳得一点都不牢靠，都快散架了！快拆了重织。”说着她就要拔针。

我饿狗扑食般把围巾抢在了手里：“你疯了吧！我织得都快中暑了，你说拆就拆？哪里难看了？我看挺……可爱的啊！”

贝多多说：“你不是要送人吗？好歹也控制一下品质，这种颜值也送得出手？”

我满不在乎地说：“反正围起来都堆成一坨，谁看得清边儿齐不齐，针脚密不密？”

贝多多说：“我就担心你这玩意儿送出去，人家转手就给你扔垃圾桶了。”

蒙奇奇凑过来说：“没事，她就是织出云锦仙缎来，归宿也是垃圾桶，因为她要送的人是C君，C君是什么人，能收她的围巾？”

我使劲捶了她一拳：“他要是收了你怎么说？”

“他要是收了我请你吃一个月饭，他要不收你请我吃一个月。”

我眼珠子一转，说：“这个没意思，要赌就赌个大的！”

蒙奇奇豪迈地说：“你说！”

“我要是成功追到了C君，你就去跟你的谢先生摊牌。”

蒙奇奇一下子怂了，她翻着眼皮子，说：“我干吗要跟你赌这个，你爱追不追，关我屁事。”

我哼了一声，说：“胆小鬼！”

晚上吃完饭我正打算继续织围巾，突然收到了栋哥的微信，他说：“C君已归，速来。”

我一看忙不迭地丢下围巾就出门了。

栋哥看到我便热情地招呼道：“快来，C君带了特产回来，一起来吃点。”

我一看是盐水鸭，急忙抓起一块塞嘴里，说：“C君呢？怎么没在？”

“他洗澡去了，来，边吃边等。”

“好嘞！”我跟着栋哥你一块我一块地啃鸭子，我边啃边说，“别都吃完了，也给 C 君留一点。”

“就留一块好了。”

“一块太少，留两块吧。”

过了一会儿，C 君端着个脸盆回来了，一进门看到我满嘴油光地在啃鸭子，脸色顿时垮了下来，一言不发地走进屋内。

我赶紧把嘴里还没嚼烂的鸭子硬吞了下去，说：“C 君你来块鸭子吗？很好吃呢！”

栋哥说：“我们给你留了两块。”

C 君轻哼了一声，说：“你们都吃了吧。”

“那敢情好，陈小撸快来，你一块我一块分了！”

“我，我不吃了。”我假装矜持，擦净手和嘴，慢慢地挪动脚步朝 C 君靠拢。

他把阳台上晾干的衣服收了回来，弯着腰在床上叠，抖开、摊平、折叠，他一丝不苟的，连一件简单的 T 恤都叠得异常整齐。他拉开柜门把衣服放进去，我趁机瞟了一眼，差点喊出声来。

一个男生的衣柜怎么能整齐成这样？！我们寝室号称有洁癖的达芬芬同学的衣柜跟他的一比都不能瞧了，更别提我的衣柜，里面就跟小偷光临了十次似的！开柜门的时候我都得非常小心，因为猛地一拉衣服会跟山体滑坡似的滚出一堆来砸脸上！我真是惭愧得很，一个女孩儿活得这么糙，要叫他看见了，肯定更不喜欢我了。

他放好衣服一回头，看到我倚在他书桌边，皱了皱眉："让开。"

我退开一步，顺便抽出书架上的一本书，说："咦，你也爱看刘慈欣的小说呀？他的书我都看过。"说这话的时候我心里在打鼓，这几天我才看完《球状闪电》，正在艰难地啃《三体 1》中，他要真跟我探讨起来，我就只能干瞪眼了。

如果说《球状闪电》还让我以为能碰着科幻世界的门环，《三体》的宏大宇宙观已把我弄得我找不到北了！我一边看一边心里暗暗叫苦，我是一个连立体几何都学不好的人，看这些书真的太为难人了！你说他要是爱看武侠小说该多好，我能跟他如数家珍地列出金庸小说里的十大高手、十大美女、十大恶人……

他一把抽掉我手中的书，插回原处说："请不要随便乱动我的东西。"

"小气鬼！"我小声嘀咕着。

C 君没搭理我，他蹲下把他搁在角落里的行囊打开了，又掏出一只盐水鸭。我一看也蹲了过去，说："还有一只鸭子呢，这个是要送给谁的呀？"

C 君抬头看了我一眼，说："送你要吗？"

我一听高兴坏了，说："要！"

他脸色一垮，说："想得美！"

我噘起嘴哼了一声。栋哥“嘿嘿”一笑，说：“你俩慢慢耍花枪啊，我出去一趟。”

他出去的时候还很贴心地把门带上了。我们俩同时抬头看了看门，又相互对视了一眼，我冲他狡黠一笑，这月黑风高夜顿时让我色胆包天有种想干点坏事的冲动。

他腾地站了起来，说：“鸭也吃了，人也看了，你该走了。”

我笑嘻嘻地说：“不走，人没看够。”

C君心累地叹了一口气，说：“陈小撸，我问你一个问题，你必须严肃地回答我，别再没个正经的。”

我一听也严肃起来，说：“好，你问。”

“你是真喜欢我，还是因为我老拒绝你，你不服气？”

我想也没想就说：“当然是真喜欢啦！这有什么好不服气的？”

“我不明白你到底喜欢我什么，羽毛球打得好？羽毛球打得好的多得是，你怎么不喜欢A或是B？”

我说：“你突然要让我说出个子丑寅卯，我还真说不上来，可能因为那天天气好，我们磁场正好对上了吧。”

C君没好气地说：“还没说上两句正经的，你又不正经上了。”

我摇了摇头，说：“我才没不正经，你有没有听说过一个著名的禅宗问答？几千年来禅门弟子一直在追问这个问题：‘如何是祖师西来意？’意思是‘什么才是达摩祖师从西方到东方传法的终极意旨’？因为这个命题实在太宏大了，答案倒是次要，更重要的是如何引导他们身体力行地去参悟的这个过程，所以当弟子发问，禅师们的回答总是千奇百怪的。例如有一位弟子问老禅师：‘何为祖师西来意？’禅师看着前庭的一棵树答：‘庭前柏树子。’弟子说：‘老师你不要拿这么高深的境界示人，我没有你那么高的境界。’禅师说：‘你误会我了，我从不以高深的境界示人。’弟子说：‘那何为祖师西来意？’禅师答：‘庭前柏树子。’”

我歪着头看着C君愣怔的模样，说：“你能理解吗？你问我为什么喜欢你，那我恐怕也只能答你‘庭前柏树子’了，你得自己去参悟我的心路历程，才能体会我的真心啊。”

C君回过神来，说：“你这是拿自己跟达摩祖师传道相提并论了？”

我不以为然地说：“爱的真谛和佛法大意一样，都是人类永恒的大命题，怎么就不能相提并论啦？”

C君举起手说：“行，我算彻底服你了，你正经或不正经，也就是一本正经地胡说八道和毫不正经地胡说八道的区别！你，快给我滚蛋吧！”

我一把把那袋盐水鸭抓在手里，说：“那你把鸭子送我！”

C君挥了挥手，说：“拿走拿走！”

我抱着鸭子回到寝室，得意扬扬地宣布：“C君去了趟南京，还给我带了特产呢！”

蒙奇奇说：“我才不信，九成九是你抢来的。”

“你懂个屁！这是爱的鸭子，我得慢慢吃！”

我把鸭子放在床头“供”了一个星期，终于舍得打算拿出来吃时，却悲伤地发现鸭子已经酸了……

• 5 •

转眼就到了毕业季，每天晚上都能听到成群结队喝多了的人或哭或笑地从宿舍楼下呼啸而过。

晚上我也去参加了同专业学长学姐的散伙局，提前感受了一下毕业的滋味儿。

吃完饭大家接着去 KTV 续摊，唱歌，喝酒，所有人都玩疯了。到了快散场的时候，几个人喝多了开始话当年，说到动情处他们三五成团地抱头痛哭起来。我安慰他们："毕业了也能联系，也还能聚，又不是生离死别，不用那么悲伤啊。"

一个学姐揽过我的肩头说："以后你就会知道了。这一分别从此天涯两端，每个人有了工作、家庭，有了更多的喜怒哀乐，这四年的人和事早晚会被时间的磨盘碾成齑粉。唉，你也就剩一年多了吧？还追什么学长啊，一毕业全部清零，出了社会你就会觉得校园里的爱啊情的，都太幼稚了！相信我，很快你就会连他的模样都记不起来了。"

我使劲摇摇头说："不会，不会的！"

她这么一说连我都想哭了。

他们横七竖八地躺在沙发上，整个房间里只有背景音乐在一遍又一遍地重复着："终于还是走到这一天，要奔向各自的世界，没人能取代记忆中的你，和那段青春岁月……"有学长盖住了双眼，眼泪无声无息地从指缝间滑下。

毕业啊，原来就是这种滋味。

看他们都那么悲伤，我自己跑出去结账，结完账回来我听见走廊拐弯处有人在低语，还夹杂着小声的抽泣。

还有别的班在吃散伙饭吗？我偷偷地走过去，看见一男一女在走道上说话，女生拽着男生的衣摆，正在低头啜泣。

我再仔细一看，惊得下巴都快掉了！那女的是安心学姐，而那男生，居然是 S 君！

我一直都觉得球队里有安心学姐喜欢的人，只是没料到那个人是S君，我还真是迟钝得可以。

我正想埋伏好仔细听听他们在说些什么，对面包厢的门突然开了，走出来一个人，一看到我便大声叫了出来："陈小撸！"

我被吓得肝儿颤，扭头一看，是B嫂……

原来今天他们羽毛球社也吃散伙饭，送的人就是S君和安心，他们一起毕业，却要天南海北奔向不同的地方。

我被B嫂拉进了房间，时隔数月再次见到大家，还是有点尴尬。我有些腼腆地跟大家打了个招呼。

我一眼便看到了C君，再一眼却看到了他身边还挨着一个女生，那个阴魂不散的粉衣女孩！我顿时有点不高兴了，这人怎么老缠着C君？

B嫂让了个位置给我坐，打趣地说："C君脚好得这么快，是不是多亏了你的鼓励？"

"是的，每天我都要鼓励他三遍。"我伸出了三根手指，大言不惭地说。

"难怪！"B嫂笑得花枝乱颤。

C君抓起一把花生朝B君砸了过去，说："管管你媳妇儿！"

B君把手一摊，说："你知道我啥德行，我哪管得了她。"

B嫂继续火上浇油，说："好可惜啊，陈小撸你来晚了，你错过了C君唱歌，简直余音绕梁啊，我们已经准备给他报名明年的《好声音》了。"

我说："真的啊？现在也不晚，我来点歌！"

说着我跑到点歌台前翻了半天，点了首男女对唱的《明明很爱你》，其实我根本就没听过这首歌，也不会唱，但我就喜欢这个歌名。

我拿了个话筒递给C君，说：“C君，来，咱们走一个！”

C君没接，他淡淡地说：“不想唱，也不会唱。”

我一个劲地把话筒朝他手里塞，说：“那你会唱什么？我给你点嘛。”

粉衣女孩伸手拿走我的话筒，说：“错过了就是错过了，想听下回请早！”

我又一把抢了回来，说：“我的字典里没有‘错过’两个字！他不还在这儿吗？为啥要等下回？”

粉衣女孩说：“因为C君不轻易开口，得要出场费！”

我倏地掏出我的钱包拍在C君胸口，说：“要多少？你自己拿！姐啥都缺，就不缺钱！”

“你发什么神经？刚刚谁把她领进来的，把她给我原封不动地送出去！”C君抓起我的钱包顺手就扔出去了。

我真搞不懂他为什么光生我的气，明明是粉衣女孩先说的“出场费”，我才顺杆爬的，他不让她出去，偏让我出去，这个人的心都偏到肺泡里去了。

有人捡起我的钱包，递还给我说：“撸姐，我觉得你也缺钱，你钱包里就五十啊……”

我讪讪地接过钱包说：“那……我还有卡呢，我可以刷卡！”

我的学长学姐那边已经散场了，他们到处找我不见，突然听见我的声音，就都探了个头进来。有个人喊了声：“陈小撸，你怎么跑这边来了？你走不走？”

我犹豫地看了看C君，C君迎上我的目光，用口型对我说了个无声的“滚蛋”。

我很生气，抓起果盘里的一个大橘子朝他砸了过去，真准，正中脑门，我一看撒腿就跑了。

“你个混账东西……”

·6·

第二天我带了一袋橘子上门道歉，栋哥说C君拿快递去了，我就坐在C君的桌边等。突然看到他床头的床单有点不平整，我便半跪在床上帮他铺好。

这时C君进来了，看见我正趴在他床上，这俨然成了压倒骆驼的最后一根稻草，他瞬间火山喷发了！

他把手中捧着的包裹猛地往地上一掼，大吼道：“你给我滚下来！”

我被吓了一跳，跌坐在他床上。我还没反应过来他便把我从床上拽下来，连拉带推地往门外赶。我急忙解释道：“我是看你床单露出一截，想帮你弄好，别的我啥也没干！”

他说：“你还想干啥？我的床单几时轮到你来弄！”

我的倔劲儿上来了，死死抠着门框不放，抵死不从的架势。

他伸手扳我抓门框的手，说：“你放手！”

我说：“不放！”

“你放不放？”

“我就不放，有本事你掰断！”

他气急败坏地开始用力掰我一根指头，一边掰一边说：“你以为我不敢？我警告你以后再敢上来，我报警告你骚扰！”

看着他喘着粗气一脸要和我拼命的狠劲儿，我心酸地想，我到底干了些什么把好好一个人都逼疯了。

我特别想哭，因为他掰得我的手真的疼。我实在受不了松开了手，他顺势把我往门外一推，使劲把门撞上了。过了几秒，门“吱呀”一声开了条缝，一袋橘子被丢了出来，金灿灿的滚了一地。

我看着那一地的橘子，眼泪忍不住簌簌地掉。

紧接着门又开了，栋哥把我拉进了屋，叹了口气说：“你们这是要闹哪样啊！”

我边哭边说：“我以后不来了，再也不来了！可是C君，你真的就那么讨厌我吗？”

C君叉着腰背对着我在窗前站着，没再说一句话。但从他一起一伏的肩膀就能看得出他真的很生气，很生气。

栋哥找了条毛巾给我，小声跟我说：“你就别跟他计较了，他今天心情不太好，实验室出问题了，大半年的活儿都白干了，你正撞在这枪口上……唉。”

我用毛巾捂着脸，蹲地上“呜呜”地哭。模糊的泪眼中，我哭了多久，C君就在窗边站了多久，一动不动。我突然觉得他比我要可怜得多，我为什么要把他逼成这样，同时还让自己受尽了这辈子所有的委屈？

晚上栋哥给我发微信说：“你走后那家伙把橘子都捡回来了，还让我吃。”

过了一会儿他又发了一条说：“这次你还能坚持吗？”

这是他第二次问我这句话，上次是C君说“这辈子不可能，下辈子也不可能”那次。

当时我回他：“地狱未空，誓不成佛。”

我从小到大做很多事情都半途而废，鲜少会去认真地坚持一件事，只因为一旦坚持了，我就不想放弃。可一想到窗边那一动不动的背影，我的心就忍不住疼。

围巾已经织了有一米多长了，我拿起来看了又看，因为漏针导致它左一个大洞右一个大洞的，真有点“丑到深处自然萌”的意思。我慢慢抽出织针，将它们裹了起来，放进了袋子。

F. 一个圣诞愿望

·1·

天气渐渐凉了下来，我越来越不愿意起床上课了。在逃了一节课后，我终于挣扎着爬起来去上第二节课。

看看时间还没到下课点，我先拐到食堂买了点吃的。食堂已经没什么人了，我坐在难得空旷的大厅里，电视里戏曲频道“咿咿呀呀”地放着评戏《花为媒》，我抱着一个皮已经有点干硬的肉龙就着一碗小米粥啃。

我最近瘦了好几斤，蒙奇奇说我是因失恋导致的食欲不振。

其实这只是一部分原因，更大的原因是我的生活突然失去了动力，变得了无生趣，每天一睁眼除了上课和吃饭，我就再也没有别的盼头。我有些想不起没认识C君之前我是如何把日子过得有滋有味的了。

前些日子数学系的那个男生约我出去吃饭，我半点胃口也没有，便拒绝了他，说改日。前两天突然看到他的朋友圈说：“再见，朋友；再见，校园。”我这才知道他已经毕业了，一丝苦涩的滋味慢慢沁入了心头。

这才过了多久，我却感觉心境已经苍老了十年，这就是人生突然失去了目标的后遗症吗？

我悄悄把啃剩的半个肉龙和半碗小米粥倒进了垃圾桶，以前起码得一个肉龙、一个豆沙包，外加一碗放两大勺白糖的小豆粥才能把我的胃口填得满当。

“好哇！抓到了！浪费可耻。”

我仓皇地转身，看见安心学姐抱着一摞书笑意吟吟地站在身后。

“你怎么这么晚？”

“我……逃了一节课。”

“你等等我，我买个包子和你一块儿走。”

我想起 KTV 那一幕，安心学姐像个委屈的孩子一样，双手拽着 S 君的衣摆垂头抽泣。但我没好意思去问，也许这是人家心头的疤呢？

但她主动提起了：“那天，你也在啊。”

“啊？”我装傻。

“聚会那天。还真是难过啊，就要离开学校了，以后再想见见一起战斗过的小伙伴们怕是不能了。”

我说：“是啊，铁打的营盘流水的兵。那天我去送我学长学姐，他们都哭成一团，真不敢想轮到我的时候会是怎么个光景。”

安心学姐笑道：“不过你还好，至少 C 君还得在学校待上几年。”

“可我的时间不多了，我又没有考研的打算。”

“毕业了要回家？”

“那不然呢？就我一个人，有啥意思。”

“我听 B 嫂说你和 C 君颇有进展，还以为……”

“其实我人缘真不错，有这么多人愿意帮我，但我就是个扶不起的阿斗啊，八个诸葛亮加持也治理不好一个蜀汉，不强求啦。”

安心伸手搭上我的肩，笑道：“没事，不接受那是对方瞎了眼，咱们能伸能屈，能进能退，才方显女儿本色！”

我点了点头，也只能但求青春无悔了。

·2·

教室零零星星地坐了几个人，我在中间一排占了个位置，然后一直趴在桌面上玩手机，但一直到上课铃打响了，蒙奇奇也没见人影。

突然讲台上的话筒发出了刺耳的电流声，有人拍了拍话筒说：“那个，今天傅老师还是不在，还是由我给大家继续讲习题……”

我有些纳闷，这堂课不是《思想文化史》吗？怎么还讲习题呢？我抬起头看向讲台，看到了那个主讲人……

咦？那个人……怎么长得跟C君似的？

我使劲揉了揉眼，以免我因为太过想念而出现了幻觉。但，那就是他，化成灰我都认得的！

就在他目光要转过来的时候，我“哧”一声钻到了桌底下。

我惊魂未定地蹲在桌底给蒙奇奇打电话，捂着话筒压低了声音说：“第二节课不是在九教201吗？”

“什么九教，你鬼迷心窍了？我们几时去九教上过课？在十九教的201啊！快点来啊，点名了！”

见鬼！挂了电话，我偷偷从桌底探出个头来，扒着桌边看C君，他正在给笔记本接投影仪，我趁机往外溜。

我竖起书本挡住脸，弓着身子蹑手蹑脚地往外走。我打算从后门溜出去，一拉却发现门被锁住了！我使劲拽了拽，纹丝不动。真是天亡我也！

我扭头看了看讲台，C君眼里两束寒光正不偏不倚地落在我身上，我吓得又赶紧遮住了脸。

“那位同学，后门开不了，请走前门。”C君字正腔圆地对着话筒说。

看着他一脸意味深长的表情，我觉得我是跳到黄河也洗不清了。

我在众目睽睽下从前门走了出去，一眼都没再敢看他。

我一路走一路嘀咕，刚进来的时候我就隐隐觉得有些不对，现在终于知道问题出在哪儿了——墙上挂着的名人头像。看了两年多的鲁迅、雨果、泰戈尔画像一夕间变成了一堆生面孔，我还当是学院换了批新挂画，可是埃斯特朗、托马斯杨……这都是谁啊？我是怎么鬼迷心窍地走进了这栋楼？

这件事梗在我心头一整天，令我忐忑难安。

一开始是球场，然后是寝室，现在都追教室去了，他该怎么想我？虽然我已抱定了与C君老死不相往来的主意，可我还是希望自己能在他心上留下最后一个好形象，而不是一个总食言的癞皮狗。

晚上我躺在床上酝酿了半天，决定给他发条短信，一条情真意切的短信。

“C君你好，我要为今天的事跟你诚挚地道歉，我真的不是有意打扰你的课堂秩序的，我只是走错了教室，虽然你可能不会相信，但事情就是这么离奇地发生了，我也无法做出科学解释。但你不需要过多地担心，这次我一定说话算话，不会再去打扰你了。——你永远忠诚的朋友陈小撸”

第二天早上，我毫无意识地拿起手机，点进短信箱，发现他破天荒地回了我短信。

“不过小事，无须介怀。”

啊！我心中一荡，激动万分地把这八个字反复看了又看，怎么都觉得字里行间透露出了一点温柔的意味。

后来我把这条短信截了个图，给栋哥发了过去。他很快回复我说：“是觉得坚冰有融化的迹象吗？”

我回：“我不知道，在这方面我很迟钝，请你帮我看看。”

他说：“你想学围棋吗？”

我起先愣了一下，但马上就明白了他的意思，说：“收费吗？”

他说：“入门不收，提高再说。”

我说：“我就门口转转，不进去。”

•3•

我胡汉三又低调地回来了。

再次看到我出现在门口，C君张了张嘴，又张了张嘴，但最后他啥也没说，脸上平淡得跟认命了似的。

栋哥怕他又奓毛，说我是来找他学围棋的。C君不置可否，自顾自地做自己的事，我就真的和栋哥学起围棋来。

围棋谁执黑、谁先落子要猜先，就是猜对方手中随意抓的一把棋子是奇数还是偶数，栋哥跟我演示的时候我每次都能猜中，他一直夸我运气好，我说：“是我人品好吧。”他点点头说：“人和人之间的人品就是有差距，你瞧C那瓜耸就猜不中。”

C君轻咳了一声，说：“现在说人坏话都不避讳事主了吗？”

我扭头看他说：“C君你也会下围棋呀？”

栋哥说："他也是我徒儿，也就是你大师兄。"

C君回击道："你别跟他学，他自己就半吊子，还好意思教人呢。"

气氛难得融洽，我特别高兴，觉得C君这块坚冰真的是有松动的迹象！

我问栋哥："为什么都要争着执黑呢？黑子胜率真的很大吗？"

栋哥说："胜率和颜色没有关系，只是执黑能先行一步，在布局上会比白子有优势。古代没有贴目规则，执黑的胜率能达到70%，本因坊秀策一生执黑都未尝过败绩！不过现在围棋比赛都有贴目制，在最后计算的时候黑子要让一定的目数，所以优势基本已经扯平了。好了，现在就跟你讲讲，围棋里的'目'是什么……"

栋哥讲起了什么是"气"，什么是"劫"，如何"打劫"，怎么"造眼"，我听得都有点犯困了，但我必须得装出个好学的样子来，就跟当初我学羽毛球一样。

我心想，再这样下去，人没追着我倒先成了十项全能。

· 4 ·

看到我又开始把围巾拿出来织，蒙奇奇欲言又止，我抢在她开腔之前说："我是给自己织的。"

她拖长了音调说："哦……"

圣诞节马上就到了，我还没决定送不送围巾，但打算先织出来再说。

这天我又去找栋哥下围棋，下到一半，他临时有事，丢下我和一盘残局就要走。他对C君说："为师去去就回，你们师兄妹先对弈着啊。"

C 君啐了他一口。

栋哥走后，我一个人对着棋盘百无聊赖地玩手指。过了一会儿，C 君起身来饮水机处接水，他接完回来经过我身边，停顿了下来。我仰头看他，看他握着杯子正微蹙着眉看着棋盘。

“你执黑执白？”

我说：“黑。”

“黑子的眼现在只剩下一个丁四，基本死棋了，你得想办法做眼，吃角上的那个白子来获得另一只真眼。”

“哈？怎么做？”

他把杯子放下，郑重地坐在了我对面，双掌撑在两腿上，看着棋盘凝神思考了一阵，然后他抓起一颗黑子，放在棋盘上：“看看这样白子能不能破？”

我跟小学生一样乖乖地双膝并拢，手放在膝盖上。我偷偷望他一眼，说：“我觉得你棋艺比栋哥强！”

他淡淡一笑，说：“他虽然也是个臭手，但比我还是要强点的。”

我说：“你要是认真学，肯定能超过他。”

他拈起两颗棋子在指间来回翻转：“下棋这种费神的事就适合他这样整天无所事事的闲人，我不行，每天脑子都够满当了，就想干点体力活儿排空，打打球、跑跑步。”

“可我整天也无所事事，为啥我既不想费脑子，也不想干体力活儿呢？”

“就想着躺了吃，吃了躺对吧？”

我点了点头，说：“对！”

“懒鬼。”他白了我一眼，抓起杯子起身。

我跟在他屁股后面，小心翼翼地说："那个C君，再过些天就是圣诞节了，你打算怎么过呀？"

"不信基督，过什么圣诞？"

"就是找个由头大家一块儿玩呗。那你那天有安排了吗？我能不能请你……和栋哥一块儿吃个饭？"

"你请他吧，我就算了。"

"为什么啊？"

他淡淡地说："不为什么。"

"……哦。"

看来还是不行啊。

我心里头有些着急，也有些沮丧。

现在C君的态度相比从前已经大有缓和，可能是因为上次他的驱逐太过粗暴，有欺负女生之嫌，使得他心里有些许内疚，但这离我想要的还差得很远很远呢。

但我已经费了吃奶的劲儿，使出了浑身解数，再而衰，三而竭，冲风之衰，吹不起一根羽毛；强弩之末，已穿不透鲁缟。我也已经没办法再努力更多了。

•5•

回到寝室我依旧继续织着那条围巾，决定在圣诞节那天送给他，权当这段一厢情愿的感情的句号。

那天我依然以下棋为借口去了C君寝室，我刚摆上棋，栋哥又有事要出去，他把C君拉过来强按在位置上，让C君代他接着下。我当然知道栋哥是在给我和C君制造单独相处的机会。我突然心里有点感伤，我这不争气的，总是一次又一次浪费好心人给的机会。

两个人都下得有点心不在焉。

我装作漫不经心地问他："圣诞节真的不一起吃个饭吗？有家创新西餐真的很好吃呢。"

他慢悠悠地说："不了，有约了。"

我一听就蒙了，傻傻地问："约了谁啊？"

"说了你也不认识。"

"不会是女的吧？"

他白了我一眼，说："我性取向很正常。"

真是兜头一盆冷水！

我着急地说："我不信，你不想和我约会我也不会勉强你，你干吗编瞎话骗我啊！"

他很认真地说："我没骗你。"

心情顷刻像被打下了十八层地狱，我坚持了一会儿实在没情绪，就直接伸手搅乱了一盘子棋。他愣了一下，问我："怎么了？"

我说："我根本就不喜欢下棋，不过是想多看看你。"

追了那么久，那么煎熬，丢掉了那么多的自尊和自我，都不能换来一个小小的约会，可有人轻易得到了它。

这个事实摧毁了我所有的自信，我不想再去强求一个永远都不会喜欢我的人了。

我站起来说："我要走啦。"

走到门口，我停下来转身说："C君，没有你我会很伤心，但我会慢慢接受这个现实。但你若失去了我，也会很寂寞的，你也要接受这个更加残酷的事实啊。"

他没说话，干笑了一声。

我过去抱了他一下。他架起双臂，没有挣扎，只是说："哎，软的不行，来硬的了？"

在他怀里我忍着眼泪，但实在没忍住泪如泉涌。

我把眼泪全擦到他毛衣上，憋着不发出声音，但他还是察觉到了。他拍了拍我的背说："你怎么那么爱哭啊？"

既然被他发现了，我就干脆尽情哭了，我使劲在他身上蹭眼泪鼻涕，一边哭一边说："我不能哭不能哭，我要潇洒转身！"

·6·

到了圣诞夜那天，栋哥给我发了条微信说："大圣诞的你家C君还孤零零地泡在实验室，你也不来找他玩。"

那时候我和几个同学正打算去外头玩，看到栋哥发的微信，我就先跑到C君实验室去了。

C君双手插兜，戴着口罩出来，瓮声瓮气地说："你有说话算数的时候吗？说好的潇洒转身呢！"

"那你说好的约会呢？"

"我又没说是和人约会。"

我把一盒包装好的巧克力递给他，说："这是我决定潇洒转身之前买的，你就拿去分给同学吃吧！"

他缓缓抽出口袋里的手将礼物接了过去。

"这次说话一定算数！"我朝他挥了挥手，说，"拜拜，我要出去玩啦。"

他瞪了我一眼，拿起巧克力盒子拍了一下我的头，说："天天就知道玩，也不知道学习！”

我吐了吐舌头，说：“我学啦，只是你没看见！”说完我就跑了。

那天我玩得筋疲力尽，晚上快十二点才回到寝室，到了寝室我爬上床很快就睡着了。睡到半夜被尿憋醒，我按开手机看时间，发现有一条短信提示静静地躺在屏幕上，我随手就点开了。

“你想不想实现一个圣诞愿望？”

C君？我撑开被眼屎糊住的眼睛，脑子有点混沌，第一反应是他是不是发错人了。我看了看发送时间，是半个小时前。

我赶紧回复说：“什么意思啊？这是发给我的吗？”

很快他便回了我：“你是陈小撸吗？”

“我是啊！”

“我是问你想不想实现一个圣诞愿望，别上天入地那么不实际，在我能力范围之内的。限你五分钟之内想一个，快。”

“只要我说，你就能做？”

“是。”

我的心已经要从嘴里跳出来了，我颤抖着手打字：“那我想和你结婚，可以吗？”

·7·

“有时候我真的挺佩服你的，当时那种气氛下，你怎么能说出‘结婚’这么无厘头的话来。”

“哪里无厘头了，我就是单纯地想和你结婚啊！”

后来我问C君为啥要给我那一个愿望，毕竟我当时已经决定不再纠缠、彻底放过他，他明明就快熬出头，见到黎明的曙光了。

但他的理由每次都说得不一样。

有时说：“你知道我向来心软，看你那么可怜，我就动了恻隐之心。”

有时说：“我可能是被你虐出了斯德哥尔摩症候群了吧。”

有时还说：“你说的话几时算过数？我只是懒得挣扎了。”

谁知道他到底啥意思呢，我也懒得追究啦。

但我更倾向于另一种说法。

有一次我在他寝室翻看他正在看的书，正好翻到一张书签，觉得有点眼熟，翻过来一看，这不是我送给他的圣诞节巧克力礼盒里夹的那张小卡片吗？后面还有我手写的一首小诗呢。

“咦，这个书签你还留着呢。”

他看了一眼说：“嗯，不然你以为我那天为什么给你发那样的短信？就是因为这首诗打动了我啊。”

你若是这世间唯一
唯一能伤我的射手
我就是你所有的青春岁月
所有不能忘的欢乐和悲愁

那么

让我死在你的手下

就好像是

终于能

死在你的怀中

——你永远忠诚的朋友 陈小撸

二

蜜月期
交响曲

A. 三月试用期

·1·

在我发出那条“我想和你结婚”的信息后，C君沉默了十分钟。

他这十分钟的心路历程不可考，想必是非常煎熬吧。但我比他更煎熬！我爬下床把蒙奇奇拱醒，把手机给她看。

手机的冷光打在两个人亦惊亦喜的脸上，我们缩在被子里，手紧紧地握在一起，沉默地等待着“终审判决”的到来。

十分钟漫长得像一辈子。

手机终于响起了，我紧张地拿起来看。

“结婚的事太远，先放放，如果你愿意，我们可以先从男女朋友做起。不过，你介意有试用期吗？”

看完短信，我们俩面面相觑。蒙奇奇低声问我：“试用期是啥意思？”

我茫然道：“我也不知道。可能是试用期间拿基本工资，过了试用期就给我涨工资的意思。”

蒙奇奇说：“好像不是啊。我觉得是试用期不给工资，试用期不合格就滚蛋走人的意思。”

呜……

“那我该怎么跟他说？”

“跟他说你介意，非常介意，这也太侮辱人了。”

我从蒙奇奇被窝里爬出来，回到自己的床上，又将他的话仔仔细细地阅读了一遍。看到“先从男女朋友做起”这句话，我心头一荡，心想：自己费劲折腾了这么久，不就是为了这一刻吗！如今他亲口应允了，我还要啥自尊啊！

于是我郑重地回复他说：“我不介意，一点儿也不介意！”

“那好，三月为限。”

那一夜我睁着眼辗转反侧地熬到了天亮，起床后精神抖擞地给C君发了条短信：“早上好啊，C君！我是你的女朋友陈小撸，以后还请多多关照呀！”

·2·

结束了二十年的母胎单身，我的兴奋可想而知。

我第一时间在朋友圈里昭告了天下，说：“以后的情人节再也不去超市扎避孕套啦！”还附上了一张我偷拍的C君在球场上的伟岸英姿。没过一会儿我的朋友圈就炸开锅了。

我在那条爆炸新闻底下统一回复道：“不一一回复了，谢谢大家的祝福，结婚会通知各位的。”

随后一整天我都沉浸在幸福里。

然而好景不长，晚上我收到了C君的短信：“把你微信朋友圈那条信息给我删了！昨天的话收回，就当作什么都没发生过！”

我被惊出一身冷汗，这个玩笑可开不得啊！我急忙给C君打电话，电话响到一半就被掐了。我再打，对方还掐。我彻底慌了神，这历经了九九八十一难刚取到的真经还没来得及看一眼呢，就被一脚踹通天河里了，这谁能受得了啊！

“如果我今晚没回来，就去护城河里捞我！”我边说边在珊瑚绒睡衣外面直接套了件羽绒服，跟面包超人似的便狂奔出门了。

我一口气跑到C君宿舍楼下，因为时间太晚，看楼大爷不让我上去，C 君也不接我电话，我便给栋哥打了个电话，让他把电话转交给 C 君。

电话里我听见栋哥跟他说：“接吧。”

“不接，挂了。”电话里是他冷漠的语气。

“她就在楼下呢，这么冷的天，冻死了算谁的？”

过了一会儿，C 君下来了。我哆哆嗦嗦像只鹌鹑一样一头扎进他怀里，带着哭腔说：“C 君你为什么说话不算话啊？不是君子一言，驷马难追吗？”

他想拉开我，但是我死死抓着他的毛衣不放，紧贴着他的胸膛。

“《消费者权益保护法》规定的七天无理由退货，我怎么就不能退？”

我拨浪鼓似的摇头说：“你少骗我了，我就不信入了口的生鲜还能退，而且说好三个月就是三个月，少半天都不行的。人家春秋时期的尾生约了女孩子在桥下见面，女孩不来他就不走，最后河里涨水了，他抱着柱子宁愿被淹死也不挪地儿，这才是真君子。C 君你这样朝令夕改是纯小人的作为，难道你是个小人吗？”

C 君叹了口气，说：“我真是说不过你，大道理、小歪理一套套的。那条朋友圈删了吗？”

“删了……可你是怎么知道的啊，我明明都没加你微信啊……”

“哼，你以为我看不见就可以胡作非为了？你是没加我的，但你加了王栋的！”

我怎么忘了他……我以入党宣誓的姿势紧握拳头高举过肩，说：“我以圣父、圣子、圣灵的名义起誓，我保证以后再也不这么高调了，不要退货好不好？你都还没拆封呢，看了里面我保证你会喜欢的。”

“里面有什么？”

“有一颗爱你的小心心。”

“呸！”C君侧过脸去，怒也不是，乐也不是。

后来我啃着可爱多哼着“在那山的那边海的那边有一群蓝精灵”回到了寝室。蒙奇奇感慨颇多地说：“这C君也是个苦命人。”

后我将蒙奇奇的话转述给C君，C君道：“可引为知己矣。”

·3·

转眼三个月过去半月有余，我以为单身狗摇身一变成了有主的狗后，生活境遇会大有不同，然而并没有。

C君大部分时间都泡在实验室里见不到人，微信虽然能做到有问必回，但总是要等很久，我们每天能见面的固定时间也就是一日三餐时。甜言蜜语也没有，连我幻想已久的接吻那更在云深不知处了。

蒙奇奇说：“我看电视里都这么演的，男主听从父母之言，把大老婆明媒正娶回来就天天搁屋里冷着，夜夜只宠幸他的小老婆，让大老婆空有名分，却无夫妻之实，最后成了深闺怨妇。”

我使劲摇了摇头，说：“我才不要做深闺怨妇！我也想当小老婆，夜夜被宠幸！”

如果就这么平平淡淡地过完三个月，让他随便找个理由辞退了，我岂不是白忙活一场？我盘算着怎么着也得在这三个月里把本捞够了再说！

晚上我站在食堂门口等C君一块儿吃饭，看他远远走来的身影我就欢喜雀跃起来。

他走到我跟前，我擅自挽起他的手，和他一块儿走进食堂。我觉得四面八方的每束眼光都充满了对我的艳羡，我就跟加冕了的狐狸一样骄傲地翘着尾巴。单身狗第一次拥有主人的感觉，那可是狐假虎威了！

我们打好饭找了个位置面对面地坐下。同专业的男同学来打饭，他冲我打了招呼说："吃饭啊？"

我大声说："对！和我男朋友吃饭！"

C君抬起头看了我一眼，没说话。

过了一会儿，C君的同学也来打饭，同学也冲他打了个招呼："吃饭啊？"

他却只点了点头，啥话也没说。

这叫我有些难过，他为什么不向他的同学介绍我呢？

"这肉好肥呀，C君给你吃吧。"我夹起一片肥肉说。

"扔了吧，我也不爱吃肥肉。"

"哦……那C君你这个肉好吃吗？我可以吃一块吗？"我巴巴地望着他碗里的鸡块。

"很难吃。"他头也没抬地说。

"哦……"我没再说话，讪讪地低下头，和他一样专心致志地吃自己的饭。

突然，一块鸡肉从天而降。我抬起头，看到C君把一大块鸡肉夹到了我碗里："你是不是以为我在骗你？你试试就知道了。"

我瞬间高兴起来，猛地把那块鸡肉塞进了嘴里，大嚼特嚼。

"怎么样？"

“好吃！”

“什么？”

“好吃！”我一脸陶醉地说。

“哦，”他若有所思地说，“还真好养活……”

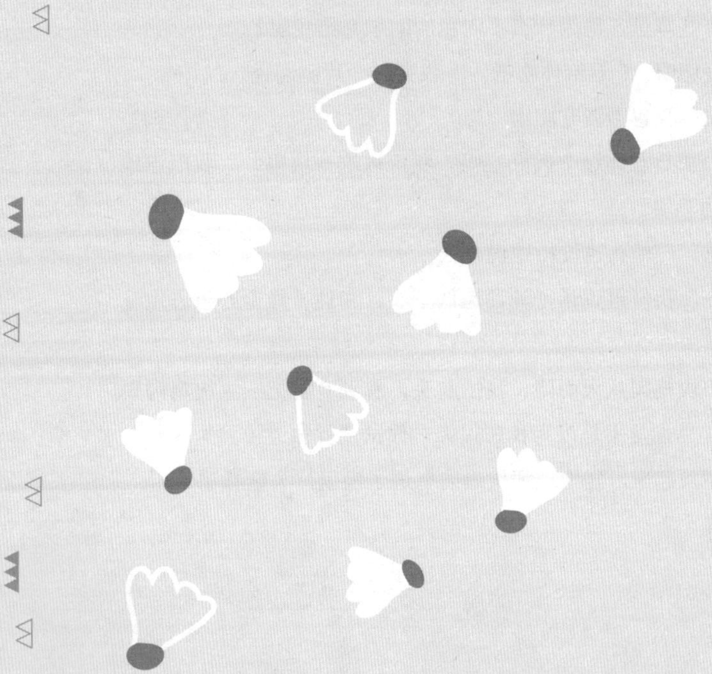

· 4 ·

晚上我趴在床上，给C君发了条肉麻的微信——“怎么才分别几个小时，我又那么想你了呢？”

等到我都快睡着了，他方才回复：“别多想了，早点睡，明天又起不来了。”

如此敷衍，我不甘心，继续说道：“那你想不想我呀？”

这次等得更久，等来的回复却是：“今天很忙，手机快没电了，没带充电器，一会儿回寝室充上电再跟你说。”

我啼笑皆非，回复他道：“我明白了，手机都快没电了还打了这么多字，但就是不肯说出那简单的一个字！”

那个字是不是跟烙铁一样烫舌，所以他才不敢说？

我有点生气，把脑袋埋进枕头里。我已汹涌澎湃地倾尽所有，而他却如涓涓细流出深山那般温吞。但我也不能怪他，毕竟我已跑出了三千米，他才刚刚从起跑线上出发。

后来微信提示声再度响起，我不抱任何希望地点开来看。

“刚看到你回信手机就没电了，我跑回寝室拿了充电器再返回实验室，耗时二十分钟，就为了跟你说这一个字。”

“哪一个字？”

“想！想你这个混账东西！”

吼！我四脚朝天地在床上欢腾。

· 5 ·

为了能和C君一块儿吃早饭，我破天荒地得了个寝室早起冠军。

看着我匆匆忙忙地洗漱梳妆，蒙奇奇感叹道：“能让你起床绝对是个世界难题，也就只有爱情的力量办得到。”

刚要出门，我就收到C君的微信：“怎么还没到？想吃什么？我先给你买好了。”

“一个白菜肉包、一个芝麻烧饼、一个三明治，外加一碗加蛋的云吞。”

C君看着我桌面满满当当的早点，直着眼说：“吃得比我还多。”

我不满地说：“人家还在长身体嘛！”

“好好好，吃吧吃吧。”

我风卷残云般把C君给我买的爱心早餐吃得干干净净，直到打着饱嗝走出食堂。

“你上午有课吗？”他突然问我。

我翻出手机来查看课表，突然发现第一节没课，于是问他：“你有课吗？”

“我有堂习题课。”

“你课业那么忙，怎么还去当助教呢？”

“这两个学分是必修的。”

“读研究生真麻烦！”

C君停下脚步说：“好了，你先回寝室吧，我去上课了。”

我用脚尖在地上画圈：“我可以跟你一块儿去上课吗？我就坐在最后一排看着你，不捣乱也不说话。”

C君脸一板说：“不行。”

“为什么呀？我就乖乖地看着你，绝不捣乱，我发誓！”

C君别开脸，含混不清地说：“你看着我我紧张。”

“你说什么？”

“我说我不相信你的话，你肯定会给我捣乱！”

“咦？刚刚不是说我看着你你会紧张吗？”

“你这浑球儿听到了还问！快回寝室吧！中午等着我吃饭。”说完他便大步流星地走了。

哦，原来霸气侧漏的C君也会紧张啊。

·6·

中午我等着C君通知我吃饭，结果却等来了“太忙，你自己先去吃”的信息。

我赶忙去食堂自己吃了一份，又打了一份饭，捧着就去实验室了。

C君戴着护目镜从屋里走出来，说：“你怎么跑这儿来了？”

我扬了扬手中的饭盒说：“你说你忙得吃不上饭了，我就给你送来啦。”

旁边一位和C君一般装束的学长指着我说：“哎呀，你不就是上次那个……‘未来女朋友’吗？”

我点点头说：“当时是未来女朋友，现在已经升级成现任女朋友啦！”

那学长惊诧道：“这是真的吗？C君你嘴也太严了吧，怎么不同我们说呢？我还清楚地记得你当时指天誓日地说‘你听她胡说八道，她脑子有病’的情景呢，怎么这么快就打脸……”

C君突然猛烈地咳了几声，企图打断他的话。

我满不在乎地说：“这不算什么，C君当时还说过如果我们有可能他就死的话呢，可见东西可以乱吃，话可不能乱说啊。”说着我冲他挤了挤眼。

C 君瞪了我一眼，拉着我走出了实验室。

我把饭盒递给他，叮嘱他快点吃。

他说："下次不要再专门给我送饭了，我们可以自己叫外卖，饿不着自己。"

"其实我就是想借着送饭来看看你。"

"不是早上才看过吗？"

"看不够，我恨不得一天二十四小时目不转睛地看！"

C 君白了我一眼，一边细嚼慢咽一边慢悠悠地说："有的人啊，别的不行，花言巧语最在行，什么话到了她嘴里过一遍出来，就能拧出二两水来。你说我是信她还是不信好？"

我噘起嘴说："你就别身在福中不知福了，你是不知道我那个男朋友啊，别人属鸡属狗他属沙漠，说出的话一点水分都没有，干得能噎死人，跟他待久了我这良田都要变戈壁了！"我紧跟着话锋一转，说，"不过我还是好喜欢他的，因为他身材好，有八块腹肌！"

"八块？"C 君挑起眉头说，"你确定你说的那个，和你男朋友是同一个人？"

"没有八块吗？那可能是六块！也没有吗？那四块呢？不会一块都没有吧？"

"是不是没有个四块、六块的你很失望？"

我讪讪地说："也不是。只是我一直都以为你有，没有也没事，腹肌哪是常人能有的呀。"

C 君轻哼了一声，说："最近是疏于锻炼了，八块没有，但六块嘛……想看看吗？"

"想！想！"我两腮泛红，双眼放光，紧盯着他腰腹间。

他一指头戳我脑门上，斥道："想得美！一女孩家家的整天脑子里都在想什么鬼东西！"

哼，小气鬼！

·7·

下课后我跑到C君寝室等他回来，听到栋哥正操着方言给他女朋友打电话。挂了电话他就念叨着："女朋友要过来工作了，以后日子可就没这么逍遥了。"

我说："这不是好事吗？远距离恋爱多辛苦啊，我和C君相隔着不到一公里我都快害相思病了。"

"你不过才刚刚开始，等三五年再看还能不能有这般激情。我和她七年之痒都过了，撑着我们继续走下去的也只剩将来谁推着谁的轮椅晒太阳这点岁月静好了。"

"这么消极，三十年、五十年我不敢说，但激情个三五年我还是没问题的！"我自信满满地说。

C君此时进屋正好听到个话尾巴，他皱着眉说："你要和谁激情个三五年？你……陈小撸你咋又趴我床上了？！"

我趴在他床上一动不动，假装漂浮木，心想趴一下怎么了？这么大反应，你要知道你的床我要睡一辈子岂不是得蹿上天？

突然他一巴掌落我屁股上："别装死！下来！你这人是不是属癞皮狗的？"

"汪汪！"我歪着脑袋冲他叫。

C君气得鼻子都歪了。栋哥在边上哈哈大笑，说："这就是卤水点豆腐，一物降一物，她这种没节操的专治你这种节操狂魔。"

看到C君端起杯子喝了一口水，我一骨碌地从床上爬起来，走过去不动声色地将他的杯子接了过来，特意转到他喝的那个位置也啜了几口，然后又若无其事地还给了他。

C君看着杯口微微一怔。他深深看我一眼，也装作若无其事的模样将它放下了，随后跟我说明天有个同学结婚请喝喜酒，问我想不想去。我一听就兴奋了，说："想去，想去！"他点点头说："带你去可以，但都是我同学，你要低调点，别口无遮拦地乱说话。"

我自然是满口应允。

回了寝室我跟蒙奇奇说明天我和C君要去酒店了，蒙奇奇差点把水喷了，说："去酒店？是我想的那回事吗？"

我说："不是，是去喝喜酒。"

蒙奇奇拍拍胸口说："吓得我还以为你们之间的关系要有质的飞跃了。"

我抱着手臂笃定地说："快了，这三个月内怎么也得给他飞了！"

·8·

第二天在去酒店的路上，我主动去牵他的手，这次C君没有抗拒，还反客为主与我十指相扣。他温热的掌心熨帖着我的掌心，让我一颗小心脏快一下慢一下毫无规律地蹦得欢实，心里甜蜜得我没喝酒都快醉了。

到了席上，众多同学都对我的出现表现出极大的兴趣，我一高兴就刹不住车了，酒喝了不少，话也没少说，把C君之前的叮嘱早抛在了九霄云外。

有人问在座的："也不知道喝完今天这顿酒，接下来该轮到谁了？"

我马上举手抢答说："当然是我和C君的！"

有男同学撞了撞C君，坏笑着道："难道你也要学今天的新郎官，先上车后补票？"

我说："那也不错啊，双喜临门！"

"陈小撸你快闭嘴吧！"

一桌人都暧昧地笑了起来，只有C君没笑。他勉强地扬了扬嘴角，脸色有点山雨欲来风满楼的云谲波诡，满是寒意的眼里已蓄满了想掐死我的冲动。他倾过身子附在我耳边说了一句："没有下次了！"

我顿时酒醒了一半，脑子光速运转着我应该如何补救我的口无遮拦，可脑子里已是一片糨糊，无论怎么转也转不出个好主意，但凭着五分醉意我倒是想出了个馊主意。

我趴在C君肩上小声说："我有点想吐。"C君先是骂我"让你少喝点你就不听"，又说"你忍着点"，然后架起我走到洗手间。

一进洗手间，我马上生龙活虎地把里面每个隔间的门都推了一遍，一看没人，我立马奔出去拉着C君就往里走。

C君震惊地扒着门框问："你要干什么？"

"我……我想上车！"

"上……上车？！"他一脸难以置信的表情，半晌才从牙缝里挤出了几个字，"你是不是脑子进水了？！"

酒壮怂人胆，我索性一不做二不休，伸手勾住了他的脖子，踮起脚仰着脖子主动献吻。只是我还没碰到他的唇，他便张开五指把我的脸推开了。他黑着脸斥道："陈小撸，你真是一次又一次地刷新我对你认识的下限！你给我进去洗把脸好好清醒一下！"

说着他便把我塞回了洗手间。

我掬了把水拂在脸上，看着镜中乱七八糟的自己，心里五味杂陈。

我怎么会做出这么丢脸荒唐的事来？而更丢脸的是他居然那么决绝地拒绝了我，连亲都不让亲，那还叫谈恋爱吗？我是那么喜欢他，迫不及待地想把自己最珍贵的东西给他，而他却能如此淡定，置身事外。他爱我，可能还没有我爱他的一半那么多吧。

我在洗手间里待了好久，久到C君忍不住敲门问我："你还活着吗？"我呆呆地走出来，不敢看他。

"你啊，让我怎么说你好。"

他拉着我回到饭桌上，给我倒了杯茶说："只准喝茶！吃菜！不准再喝酒。"

我没说话，颓唐地端起茶杯一饮而尽。

酒席散了我和C君一块儿坐公交车回去，人越上越多，车里越来越挤，虽然我和他贴得格外近，但一路我都没和他说话。

司机突然踩了急刹，一车人向前倒去，C君眼疾手快地伸手搂住我的腰将我拉了回来，此后那只手就一直没再放下。

我突然又有点高兴了，偷偷看了他一眼，却恰好被他看到我这鬼鬼祟祟的眼神。他白了我一眼，还用唇形对我说了一句：二货！

C君特别热衷喊我"二货"，我跟他抗议，他还振振有词地说："你说话干事都透着个二乎劲儿，叫你二货冤枉你了？"相比之下，我喊他的就甜蜜多了，"欧巴""哥哥""达令"……开始他也特别抵抗，说听着怪恶心的，但后来听惯了他倒也听出了些滋味来，有时还自称"欧巴"。

过了某站，车上下的人多了，有位置了，我俩就并排坐着。途经一家酒店的时候C君用手肘撞了撞我，说："你好歹也找个这种地方，洗手间……怎么想的？”

我问他：“那你会和我去这里吗？”

他回我：“你是真的很需要吗？”

我不好意思地扭过头去看窗外。

他说：“你转过头来让我看看你。”

我转过头问他看什么，他仔细端详了一番，说：“看我对你有没有欲望。”

结果看了半天他移开眼不说话了。我问他：“有没有？”他耸了耸肩不置可否。

这让我很是郁闷。

回到学校他送我到宿舍楼底下。他双手搭我肩上拍了拍，说：“陈小撸啊，脑子别整天想那些乱七八糟的东西，好好学习，欧巴自然会给你好处。”

我问：“啥好处啊，欧巴？”他突然低头在我嘴上亲了一下，然后趁我大脑宕机还未重启的时候，迅速走人了……

晚上我思绪难平地给他发微信：“求深吻、求舌吻啊欧巴！”

他回复我道：“急什么，欧巴这种男人岂能那么轻易让你得到所有？”

我躺在床上笑容大开，虽然我已抢跑了三千米，他方才出发，但我已依稀听到了他从远处向我急急奔来的脚步声了！

• 9 •

晚上C君不去实验室的时候通常会去教室上晚自习，他就是这么个自律的人，让我叹为观止。

而我总是要找任何机会和他黏在一块儿的，去实验室我不方便跟着，上自习总是可以的吧？但他依然不同意，说：“你去就瞎捣乱，搅和得我也看不成书。”我指天誓日地跟他保证我一定不捣乱，会好好看书，好说歹说他方才应允了我。

走进教室他径直要往前头走，我却习惯性往后走。从这一小小的习惯就能看出“学霸”和“学渣”的区别。“学霸”总习惯坐得尽量靠前以便听得清老师的话，看得清老师的板书；而“学渣”则是尽量靠后，以便躲过老师的目光尽情地搞自己的小名堂。

在我的坚持下，他迁就了我，但还是有言在先，说不管前头后头，我别骚扰他就行。我又信誓旦旦地点头。

教室里的人越来越多了，我老老实实地坐着捧着本书，但心思根本不在书上。我总是偷偷瞄着C君，手也不老实地往他大腿上放，但放一次他就把我推开一次。

我就这么看一会儿书，玩一会儿手机，骚扰一会儿C君，然后被他用眼神驳斥，最后我干脆百无聊赖地趴在了桌上。

我们坐的位置临着窗，突然窗外飞进来一只大飞蛾从我眼前掠过，我被吓了一跳，尖叫出声，转头搂住了C君的手臂。

顿时教室里众多目光都聚集在我们身上，C君恼火地把我推开了，并狠瞪了我一眼。

我讪讪地说：“刚刚有只大飞蛾，灰色的……”

他压低声音对我说：“你别飞蛾、飞碟的了，你走吧！尽在这儿捣乱！”

我说：“不，你不走我也不走！”

“你不走我走。”他往边上挪了一个位置，和我保持一个空位的距离。

我心里不高兴，也赌气地往窗边挪了个位置，郁闷地趴在桌上看窗外。

过了一会儿，C君“哎”了一声。我扭过头看他，没好气地说：“干吗？”他说：“你坐得那么远，一会儿飞蛾把你搬楼下去我可拉不住你。”

我一听又高兴了，跑回他身边坐着，手又不安分地在他大腿上来回婆娑。他右手翻了一页书，左手在桌底把我的手按住了，但没再推开。他小声说了句：“你老实待会儿吧……小爪子怎么这么凉？”说着他便轻轻地揉搓着。

我心里甜滋滋的，反转手掌和他十指相扣。他的手掌很温暖，只一会儿我的手都焐得有点出汗了。

我总算老实了一会儿，C君突然说他要去趟厕所，我说我也去。他嗔怪地说：“上个厕所你也凑热闹！”

晚上的教学楼厕所那是相当吓人，站在门口等C君出来的时候，我目光不住地来回打量四面八方，总觉得那黑洞洞的暗处有什么不明物在蛰伏，下一秒就要走出来似的。那一层楼的走廊灯半明半暗，时不时还抽风似的闪烁几下，搞得我寒意顿生，也有点尿意了。

我不住地对着男厕所喊：“欧巴你快点！我也想上厕所！”

男厕所里传出幽幽的声音：“你上你的，催我干吗？”

“我害怕，你得在门口给我站岗。”

等他出来了，我钻进女厕所，门也不敢关，大大地敞着。但等以我光速上完厕所出来后，却发现C君不知去向，他根本就没在门口等我！

看着泛着森森冷光的走道，我有点心慌，压低嗓门喊了几句“欧巴”。听不到回应我急着往教室跑，结果跑到楼梯口的时候一袭黑衣突然从转角处闪出，还幽幽地“喂”了一声。

我惨叫着拔腿就跑，但他从后头揽着我的肩捂住我的嘴说：“别喊了！是我！”

我醒过神来，转过身使劲捶他的胸，说：“你好讨厌，你干吗吓我！”他说：“我没吓你啊，厕所味道太大，我不得站远点等你吗？你胆子咋这么小？”

我挺不好意思地转身要走，但他突然把我拽住了，接着把我轻推在墙上，按住了我的肩。

我的心一下子停跳一秒，仰头看着他问：“你……干吗？”

他凑近了说：“是不是这些天日思夜想的都是这一刻？”

我装傻地说：“什么啊……”但我的声音比蚊子还小，我只能心跳若狂地看着他的脸越贴越近，越贴越近……

他的气息拂在面上，撩得我冲动异常。我搂住他的脖子，主动凑上嘴去啄他，但第一下他偏头躲开了，我再啄，他又躲。如此这般几次，就在我打算放弃的时候，他的唇突然覆了上来，开始浅尝辄止，后来深深的，深深的……并第一次献出了他贞洁的舌头。

当我的舌尖触到他舌尖的那一刹那，我的灵魂都激荡出火花了。

中途我偷偷睁开了眼，看见他也正睁着眼看我，我就羞怯地迅速合上了眼，但还是看到了他漆黑眼里的一小簇闪烁的火光，那是我浩瀚宇宙里的第一朵烟花。

后来楼梯上突然响起了脚步声，他松开了我，拉着我回到教室。

我就这么直挺挺地傻坐了好半天，咂着嘴不断地回味着刚刚的事。

而他就趁我神游的工夫，心无旁骛地看了一会儿书。

待元神归位后，我更坐不住了。我碰了碰他说：“欧巴，还要。”

他皱着眉说：“还要什么？”我噘着嘴上嘴皮碰下嘴皮地“啵啵”了两下。他用嘴型说了个“滚”。

我不断地跟他起腻，他忍无可忍了，开始收拾东西说：“走吧！”我大喜，跟着他走出教室。下楼梯到了暗处，我说：“这里可以！”他不理我。接着下到下一层的暗处，我说：“这里也行！”他还是不理我。再下一层，我说：“只能这里了！”他充耳未闻……然后就没有隐蔽的掩体可供做亲密的事了。

我觉得很失落，跟在他身后走，一会儿就落下了一大截。他放慢速度等我上来，问我：“怎么了？”

我有点委屈地说：“你总是这么忽冷忽热的，我都要感冒了。”

他说：“我只是不想按照你的节奏进行。”

我说：“为什么啊？”

他说：“因为你太爱胡闹，也不懂得节制。”

他还说：“你要想顺利通过试用期，就得按我的节奏来。”

事关试用期，我忙不迭地点头说：“好的好的，就按照你的节奏来！”

他满意地点了点头。

• 10 •

转眼间三个月试用期已到。

虽然这三个月里我没少惹 C 君生气，也没让他省心，但总体说来也算有惊无险，没出大格，想必转正涨工资那也是顺理成章的事，指日可待了。

这点自信我还是有的。

那几天C君实验室的数据出了问题，他一直挺心烦的，我没敢跟他提这茬事，想着就这么无缝过渡也挺好啊。

眼看过了一个星期，实验室的事都解决了，他的心情也松弛了些，我便约他这个周末一块儿出去吃饭看电影。

他不置可否，拿出手机翻了翻日历，突然一拍额头说："嘿！我都忙晕了，忘了件大事！这三个月都过了一个星期了，鉴于你种种糟糕的表现，再给你结一个星期的工资你就该干吗干吗去吧。"

听完他的话，我当场愣了两秒钟，一咧嘴眼泪就滚了下来，我憧憬并勾勒描绘了好久好久的美丽世界在一瞬间崩塌得面目全非。

C君被我的模样吓坏了，慌忙说道："我的天，怎么又哭了！我跟你开玩笑呢，我只是想逗逗你啊！"

可他不知道当听到那句话的时候，我的心都碎了。那一刻的绝望不亚于明天结婚却在今天晚上被通知新郎死了，不亚于花了毕生积蓄买的房子突然塌了。

无论他怎么说，我的眼泪跟瀑布似的止都止不住，我一根筋地以为他第一句说的是真的，后面说的都是骗我的。

他劝不住我就把我放他大腿上抱着，一边给我擦眼泪一边给我擤鼻涕，我哭得喘不上气来他便一个劲地拍着我的背给我顺气。

我虽然哭得肝肠寸断、天地失色，但还是挣扎着跟他说了好多特深明大义的话："我没事，让我再哭一会儿就好，我们还是……还是好朋友……哇……"

C君说得焦头烂额、口干舌燥，正在这个当口栋哥回来了，一看这阵仗他欲转身离开，结果被C君果断抓住有难同当了。

“你问问他，我有没有产生过不要你的念头？”C君晃了晃我说。

栋哥很为难地说：“你们的事，能不能不要把我牵扯进去？”

C君狠狠地冲他吼：“你别废话了，她都要哭死了你没看见？快说点什么！”

“我说什么啊？”

“我管你说什么！快说！”

“去你的，你自己造的孽让我……好好好，我说我说，那个小撸啊，你家C君真的对你没二心，那个什么试用期，不过就是他为了给自己一个台阶就着下尝了。你还不了解他吗？死要面子活受罪的主儿。”

“对，没错，我就是为了面子，其实哪有什么试用期，也就你这傻子当真。”

在他们的好说歹说下，我总算慢慢被劝住了，停止了哭泣。

我拎着衣服前襟拧了拧说：“咦，都能出水了。”

C君用头抵着我额头疲惫地说：“宝儿啊，咱以后能不哭就尽量忍忍啊，你摸摸我的背，都湿透了……”

我伸手摸了一把，真的一层汗……

B. 罗马非一日建成

·1·

对于C君上了研究生后就疏远了羽毛球场这件事，我感到无比遗憾。毕竟正是因为领略过他球场的英姿我才不可救药地爱上他的，我们这才在一起他便退出了江湖，这怎能不让我捶胸顿足。

况且那令我铭记一生的“21：0事件”曾带给我极大的心理阴影，那是我人生最尴尬、最丢脸的时刻，没有之一，解铃还须系铃人，我几次三番缠着C君带我去打球一雪前耻。

但他死活就是不肯。

直到那天我无意间看到他手机里一位可疑人物的微信记录。

内容大概是一个女生借了C君的球拍，想要当面归还，问他何时再去球场，C君说不急，让她拿着用。女孩说她主要还是想和学长再较量两下，上次的指教很有益处。虽然C君没再回复，消息也是一个月前的了，但还是让我大为火光。

C君不仅借她球拍，还指点球艺，想想当初他是怎么对我的吧！

我试探地再次提出打球的事，他也再次拒绝，我便冷笑一声说：“怕在球场遇见你老情人吗？”

他没好气地说：“我哪来什么老情人？”

“那你怎么不敢去？”

“什么不敢去？我是没时间。我要跟你似的天天闲得无聊，二十四小时泡球馆里？”

“对啊，顺便还能借几副球拍，指点指点技术什么的。”

C君一听就怒了，“噌”的一声站起来说：“你偷看我手机？你懂不懂什么叫个人隐私权？”

话题成功从拷问他转移到了批斗我，我口干舌燥地解释了半天我是怎么无意间碰到了他的手机，然后经过连锁反应，界面就停在了那段对话上。C君一脸“你当我是傻子吗”的表情。

如果我能预知半年后他每天都要检查我的手机，微信、微博相册挨个看，还美其名曰“我得时刻关注你，不然像你这样的很容易就走上犯罪的不归路”，我当时一定把他的脸扇肿！

后来我搬出了撒手锏，说：“你知不知道当时你那一球砸下来，我的胸口瘀青了半个月？”C君的气焰才弱了下来，他勉强答应了周末下午带我去打球，还跟我打商量：“那件事能不能不要总提？”

当然不会总提，撒手锏必须得关键时刻祭出才能定乾坤不是？

周末下午，我和C君一进到球场，看是前辈来了，马上有人主动让出了场地。“江湖地位”这种虚头巴脑的东西真是好使，我也跟着狐假虎威了。

看到C君穿着那熟悉的黄色上衣、黑色短裤，执着球拍站在我对面，他总习惯性地在开场前往高处蹦两下，所有往事历历在目，我感慨得有点想哭。

他耐着性子和我打了会儿友谊球，脚基本没挪过地儿，而我已经累了，走到场外休息。他便喊了另一个男生和他打，可算好好流了把汗。

中途男生下场，又换了个女生，两人打得有说有笑的，我又不高兴了。

他跟我打时就没有那么欢腾，动作、表情都明显在敷衍，虽然这和我的技术太臭有关，但我还是生气！

我拎着毛巾和水跑到场边，一会儿给他递水，一会儿拿起毛巾给他擦汗。他皱着眉推开我殷勤的手说："你在这儿瞎忙活什么呢？"

"给你擦汗不行吗？"说着我便撩起他球衣把毛巾往里面塞。

他把我的手扯出来没好气地说："你干什么呢！公共场合注意点影响！"

"我干什么出格的事了需要注意影响？"

"行了，不打了！"

他闷闷地朝场边休息区走去，我也紧跟着过去，坐在他边上说："跟别的女生打起球有说有笑的哦，偏偏看见我就鼻子不是鼻子、眼睛不是眼睛了，你这'双标'搞得挺好啊。"

"你阴阳怪气的说什么呢？无理取闹！"

"我无理取闹？"我一气之下干脆把我的腿搭他腿上。他把我推下来了，我又搁上去，他又推，说："你别得寸进尺。"我立马火冒三丈，抬起屁股就走了。

他在后头喊我，但越喊我越走。他追上来把我扯住了，说："姑奶奶你又干什么啊？"

我把手甩开了，说："别动手动脚的，公共场合注意点影响。"

他压低声音说："我不想和你在这里吵，你先回去吧，我晚点再去找你。"

我坐回去，说："我才不回去！我不会让你有机会和别的女人眉来眼去的！"

他哭笑不得地说："好好好，一块儿走！现在就走！"

他返回拿好包黑着脸走过来，一把抓住我的手快步走出了羽毛球场。

他一边走一边说："陈小撸你要再这么无理取闹，就算过了试用期我也给你退货！”

我一听，猛地甩开他的手往反方向跑。他又追上来拉我。我一个劲地吸鼻子，回避他的目光。他看我这动静是要哭的节奏，语气立马就软了，一把将我的脑袋强行按在他胸口，说：“好了好了，不闹了不闹了。”他一边说一边顺我的背。

我伏在他怀里哽咽着说：“你如果真那么勉强，我们就不要在一起了，这有什么意思啊。”

他一个劲地捋我的背，说：“我的错，我的错，以后再也不说‘退货’这个词了！”

我特委屈地说：“你是不是觉得我特给你丢人啊？”

他说：“怎么可能呢，你那么洋气，配我这土包子属于一朵鲜花插在牛粪上了。只是，有些事咱们放到私底下做不好吗？为啥要做给别人看？”

“可我那么喜欢你，而你却老这么藏着掖着，让我觉得你对我没有认同感，也没有全情投入到这段感情里来。”

他说：“那我要怎么做才算对你有认同感，才算有投入呢？”

我嗫嚅着说：“你起码要让你的朋友们都知道你已经有女朋友了啊……”

那天晚上，我洗完澡回来，看见C君给我发了一条微信：“您老人家可还满意否？”

这没头没尾的什么意思？我有些莫名其妙，随手刷了一下朋友圈，突然刷到一张图片。我觉得图上那人有些许眼熟，定睛一看，这龇牙咧嘴、嘴边还沾着酱料跟奔波儿灞似的……不就是我自己吗？我大惊失色，仔细再看，这居然是从来不在朋友圈发东西的C君发的，并且他还“温馨”地附上了两个字：“西施”。

我看到B嫂、安心学姐纷纷在底下吐槽说：“今天太阳打西边出来了！”

我百感交集地想这张照片是啥时候被偷拍的，看背景和衣服显然是去吃铜锅涮肉那次。那天我一不小心把手烫了，一边喊疼，一边还叫着：“欧巴快把那片肉捞起来，再不捞就老了！”C君没好气地说：“你急什么，谁跟你抢了，你看你吃得跟拱了料槽的小猪猡一样！”我不服气地说：“你才跟猪猡一样！”C君说：“你不信我给你拍下来。”说着他拿起手机就“咔嚓”拍了一张，然后捧着手机放大又缩小地看了半天，边看边笑。我冲他使劲摆手说：“删了删了！人家可是有偶像情结的！”

我就知道他不能让我称心如意一回，仔细看看这张照片可真丑啊，我要真长这副模样我自己都得把自己雪藏起来，可他就这么发出来了，好像完全不怕丢脸、不担心朋友笑他似的。

哎，可这糟心又甜蜜的感觉到底是怎么回事啊？

•2•

C君跟进的一个项目收尾回款了，导师为了犒劳大家的辛苦，晚上要请他们吃很贵的自助餐。

我知道后也很想去吃，便撺掇着让C君去问导师能不能带家属。C君沉吟了片刻后说：“你想吃就一块儿去，但你那份让我老师花钱不合适，我来掏好了。”我一听高兴坏了，凑近在他面颊上使劲亲了一口，C君一指头弹我脑门上说，“听到吃就来劲！”

有了上次酒后失言的前车之鉴，我这次非常老实安分，为了在老师面前给他挣面子，我举止谈吐皆落落大方，颇有大家闺秀风范。

只是一吃起来，我又渐渐原形毕露了，我还真是个不擅长伪装自己的 girl 啊。

自助餐厅是那种一边坐三个人的沙发椅，我、C 君和另外一个学姐坐在一边，老师和另外两个学长坐另一边，我和老师恰好对着。

老师姓刘，五十来岁，精神矍铄，和蔼可亲。我早就听 C 君说过他，C 君大四那年放弃了出国留学，转投他门下，一部分原因也是因为喜欢这个老头儿。

老师一个劲地招呼着大家："吃啊拿啊，钱都交了可得吃回来啊！"于是我积极响应，把我最爱吃的甜点拿了一桌子。

C 君在边上用手肘捅我："自己拿的自己都吃了，这里不准剩东西，别指望我会帮你打扫。"

我振振有词地说："我是帮教授拿的！不跟你似的，就光顾着自己吃！"

"你少来，教授有糖尿病，你拿那么多奶油蛋糕想干吗？"

老师笑呵呵地拿起一个杯子蛋糕放在面前，说："偶尔放纵一次没事，老不吃甜食还真想得慌。"

我得意地撞了撞 C 君。

他没好气地白了我一眼，跟老师说："您还是少吃这些，不光是糖，里面都是反式脂肪酸，对身体不好。"说着他把他老师面前的杯子蛋糕拿走，放在了我面前，换上了另一副面孔说，"吃！都给我吃了！"

我说："对身体不好你还让我吃？你一点也不疼我！"

"闭嘴！"

老师笑着说："C，你这女朋友好啊，她一来把咱们沉闷的饭桌气氛都搞活了。”

“她尽瞎胡闹……”

吃多了甜点腻得慌，我又去盛了一盆圣女果“咔嚓咔嚓”地嚼，其中有一个个头特别大，我张大了嘴把番茄卡在门牙上准备拦腰截断。

而就在此时，悲剧发生了。

我使劲一咬，番茄就跟撒尿牛丸似的，当场就爆浆了！顿时汁水四溅，红红黄黄的汁水全飞到了对面老师的脸上！

霎时整个世界安静了下来，席间好像有个人忍不住“噗”了一声，但很快就恢复了默哀脸。

和蔼可亲的刘老师“哎呀呀”叫了一声，在座的弟子们纷纷站起来找纸的找纸，递纸的递纸，而始作俑者我呆若木鸡地张着嘴，嘴里还含着那颗肇事的圣女果。

我完全不敢去看此刻的C君是副什么表情，只知道他一直都没吭声，甚至连骂我一句都没有，而他一旦沉默就说明问题真的严重了。我只想着谁能引一道天雷劈了我了事，谁能挖个直通地心的坑，让我钻进去一辈子也不出来就好了。

后来我跟祥林嫂似的颠来倒去地念叨着：“对不起教授，我不是故意的，我真不是故意的，教授对不起……”

他还笑着宽慰我说：“不要紧不要紧，多大点事，继续吃，继续吃啊……”

可纵使我心再大也吃不下了，我又给C君丢人了，而且这次祸害的还是那么重要的人物……坐了一会儿，我实在心里难受就借故离席跑外面去了。

过了一会儿C君也出来了，我偷偷看了他一眼，又赶紧低下了头，跟个小媳妇儿似的揪着衣角不敢说话。

他坐在我边上憋了好半天才说了一句："陈小撸啊，你绝对是老天派来整死我的，成事不足败事有余的二货！"

"……"

"怎么不说话？刚刚不是很能说吗？现在舌头被猫咬了？"

"……"

"行了，走吧。"

"走……去哪儿？"

"回去继续吃你那堆小蛋糕啊！"

"吃不下……"

他叹了口气说："尽量再吃点，剩下的我帮你。"

我慢慢将头抵在他胸前，低声说："欧巴对不起，我又干了蠢事，你打死我吧……"

他拍拍我的背说："好了，别多想了，我知道你也不是故意的。"

"你真的……不生我的气吗？我还以为你杀了我的心都有……"

"刚开始的确生气，也起了杀你之心，但看到你吓得那怂样，脸都白了，看着又有点可怜……你这家伙还真是又可怜又可恨啊！"

他拉着我回了座，导师没在座，去了洗手间，他便和我换了个位置。

对着我坐的学长笑着说："C君你这就不对了，把大杀器搁我对面了，我是不是得去准备把雨伞？"

我难为情得头都含胸里去了。

C君说："要不我跟你换换？"

学长说："不用了，开玩笑的。"

C君一本正经地说："别开玩笑了，我护犊子。"

· 3 ·

转眼又到了寒假，我第一次那么抗拒假期的到来，这意味着我要和C君分别长达一月之久。

我依依不舍地跟他说："我要是想你了怎么办？"

C君说："打电话。"

"那我一想你就给你打电话。"

"也别太频繁，一天想个一两次就可以了。"

我讨价还价道："两三次行不行？"

"那最好别超过三次。"

刚回家我每天都要给他打三四个电话，最长的打了一个多小时，手机都快炸了。而随着朋友们的纷纷回巢，我社交活动多了起来，冲淡了些对C君的思念，于是电话减到了一天两次。又随着新年的到来，每天忙忙碌碌地走家串户，跟亲友相聚，电话便减到了两天一次。

后来我更是三天没给他打电话，于是他便主动打过来了，说道："回家很好玩吧？乐不思蜀了吧？忘乎所以了吧？"

我嘻嘻笑道："怎么？你是想我了吗？"

他吭哧吭哧半天才说："谁想你了，见你几天没音信，想看看你是死是活，既然还活着，那我挂了！"

说着他便把电话扣了。

嘿，这个"口嫌体正直"的boy，明明就是想人家了！

我一高兴，吃饭的时候便跟父母坦白了我交男朋友的事，我妈仔细地问了我C君是哪里人，父母是干什么的，学的什么专业……我说："你问那么多干吗？"她说："交男朋友是大事，我得为你将来谋划谋划，他那个专业在我们这样的城市好不好找工作我也得去调查调查，如果不在乎专业对口那倒是简单多了……”

我没去打断我妈的畅想，只是深深觉得C君跟着我回来“倒插门”的可能性不大。哦，非但不大，简直就是没有可能。

C君已经有了读博的打算，那就意味着他将在学校继续待上好几年，而我还有一年就要毕业了，去或留，我的决定和他的态度，这面临的将是人生的抉择啊。

我在电话里试探地问了他有没有跟他父母说起我，他含含糊糊、语焉不详地说：“侧面提了一句。”我大概也听出这不过是善意的谎言罢了，但我是能理解的，毕竟交往还不到半年，说这些都为时尚早。

不过好在我向来是今朝有酒今朝醉的人，一回到学校见到了C君，我又将烦恼统统抛诸了脑后，高兴起来。

·4·

谁知道开学没过几星期，我妈便踩着风火轮似的来了。

她到了学校门口才给我打电话，气定神闲地说：“叫上C，晚上一块儿吃个饭。”

我简直欲哭无泪，叫也不是，不叫也不是。最后我硬着头皮跟C君说：“我妈突然过来了，要不……一块儿吃个饭吧？”

C君一听有些蒙了。我急忙接着说：“我大姨在这边，她是来看我大姨的，顺便来看看我，顺便再看看……你。”

他面上的表情很复杂：“你要理解，我完全没做好要见你妈的准备，见了面你让我说什么呢？”

我忙不迭地说：“我理解，我理解，我也没做好让你见我妈的准备，但我妈就爱瞎激动……她说什么你听着就好了，不必跟她较真，她的话也不代表我的态度。那……你愿意去吗？”

他叹了口气，说：“走吧。”

原来来的人不止我妈，还有我大姨，本来我表姐还想跟着来，被我妈以“初次见面，太多人不好”为由拒绝了。

一整顿饭我吃得愁苦不堪，一颗心悬到了嗓子眼。我一方面是担心我妈说了不合适的话，C 君会不高兴；另一方面我又担心 C 君一时心直口快说了我妈不爱听的话，会引发冲突。

饭桌上我大姨作为前锋，先事无巨细地询问了关于 C 君的一切，了解到 C 君爸爸是大夫、妈妈是国家干部，她和我妈交换了眼神，看似比较满意。

饭桌上 C 君话说得不多，他态度不卑不亢，既没曲意迎合，也没有刻意冷淡。而我全程高度紧张，一会儿看他，一会儿看我妈，一会儿看我大姨，脑袋跟拨浪鼓似的来回转。

但到我妈这个正规军出场后，场上形势就变得有些云谲波诡了。

“听小撸说你要继续念博士，念个博士少说两三年，多则五六年，到时小撸都二十七八岁了，女娃这个岁数可不小了。”

C 君耷拉着眼皮没说话。

我妈继续说：“再有一年小撸也得毕业了，毕业后她也不可能老在这里待着，既没亲人又没朋友的……”

我急忙抢着说：“谁说的，我大姨不是我亲人？我朋友多得是，要你操心了？”

我妈白了我一眼，说：“你大姨能当你妈用？”

我搂住大姨的胳膊说：“大姨你看我妈，对我这么不好，我还是认你做妈得了！”

我妈扬起巴掌作势要打我，大姨笑呵呵地说：“你妈的意思你还不明白吗？你和C啊，毕业后都去重庆是最好的，房子、车子都不用你们操心，下了班回家就能吃上饭，以后有了孩子也有人帮着带，多省心。留在这儿，房子又贵，交通又堵，空气也污浊……我是嫁鸡随鸡只能跟着你姨丈，不然我能留这儿吗？”

C君突然开口说：“两位阿姨，其实我和小撸在一起时间还不长，你们说的这些问题，我们还没来得及谈及，所以现在我不知道该如何回答……”

看他说不下去了，我急忙接上：“是啊是啊，现在说这个未免也太早了吧！什么下班有饭吃、孩子有人带的，你们怎么不说以后在哪儿烧、在哪儿埋呢？年轻人的事就让我们年轻人自己去解决吧，你们纯属是咸吃萝卜淡操心！”

一场鸿门宴好歹算是对付过去了。

回去路上C君一直没说话，我的心也没着没落的。

走到我宿舍的楼下，我试探地问了一句：“C君，你没有话跟我说吗？”

他站住，转身，定定地看着我说：“有，但你确定要我说吗？”

看来不是什么好话啊。但我还是坚强地点了点头，说：“我们一定要时时保持沟通才不会产生误解，你尽管把你的心里话说出来，我能挺得住！”

“陈小撸，你要明白有些事过犹而不及，你不经我同意就安排这场无厘头的会面也就罢了，但我绝对不允许任何人自作主张地去安排我的未来，掌控我的人生，特别是你！什么车子，什么房子，你不觉得荒唐吗？我们的关系到那份儿上了吗？”

听他这么说，我心里还是很难过，我低着头捏着衣角说：“今晚的会面真的不是我安排的，我就是多嘴跟我妈说了我们的事，她就按捺不住了……你知道的，父母总是希望儿女离他们越近越好，我相信你妈妈也是这么想的，所以我不能去怪我妈，她也是心疼我……但我自始至终也没有想过要掌控你，其实，现在谈什么将来都是枉然，也许你根本也没想和我走多远，也许走着走着就散了呢……”

他没有说话，我的眼泪已经在眼眶里打转，我不想让他看到，便毅然扭过身子说：“那我上去啦！”说着我便跑了。

走过楼梯拐弯处，我靠在墙上掉眼泪。

昨天我和他并排躺在他寝室的床上看他打《炉石》，我趴在他身上戳着屏幕说：“出这个呀。”他拍开我的手说：“净瞎出主意，听你的这大好的局面非一败涂地不可。”结果绳快烧完了，他还是出了我点的那张。我得意地肆意揉捏着他结实的胸大肌说：“我不是净出瞎主意吗？你干吗听我的？”他抓住我的手提上来，放在唇边轻轻咬了口说：“有时候这瞎猫也能撞上只把死耗子。”

明明昨天还那么岁月静好。

我擦擦眼泪上了楼，想想反正还有一年的时间，我又是个得过且过的人，就把每天都当作末日来相爱吧。

想黄蓉跟着她靖哥哥的时候已经收敛了许多任性刁钻的性子，有日她却拉着郭靖大闹无辜人家的弥月宴，迫着主宾陪她喝酒行令，放浪形骸。只因黄蓉思及有郭靖陪伴玩耍的日子过一天少一天了，只因他将回蒙古娶他的小公主，做他的金刀驸马了，她才知这世上什么欢喜快活都只一忽儿时光，愁苦烦恼才当真是一辈子的事啊。

而愚钝如郭靖都能解蓉儿之心，聪明如C君却不能，也不知是不能，还是不愿。

·5·

周末大姨喊我上她家吃饭，其实之前她也喊了好几次，但我都找借口推掉了。因为周末难得能和C君共处超过半天的时间，我总是不愿意浪费的。

可那顿饭后我和他之间的关系降到了冰点，见了面也不似从前那般无拘无束了。一和他逗趣亲昵我就不由得想起这样美好的日子还剩下多少，不由得心也灰了，意也冷了。

在回复大姨之前，我还是给C君发了条微信，问他周末要不要见面。但他一直也没有回复我，那想必就是不见了吧？于是我便决定去大姨家吃饭。

那天我和我表姐在书房用wii打网球，表姐边打边问：“你那顿饭吃得怎么样？我多想去来着，二姨非不让，我妈回来说你男朋友人还不错。”

我狠狠击出一记高射球，说：“是不错，你妈和你二姨已经快成功把我们拆散了。”

“那么严重？我就说我应该去吧，我去还能帮你搭个腔。”

“其实不是那顿饭的原因，也不是我妈和你妈的原因，我和他之间本来就有些问题，不过那顿饭让问题提前浮出水面罢了。唉，我姐夫呢？”

“陪我爸打球去了。”

正说着，门铃响了，我跑去开门，挨个喊：“大姨父好、大姐夫好……”嗯？多了一个人？

三人进屋，大姨出来招呼道：“小任啊，饭都快好了，就在家吃吧？”

那位小任笑容可掬地说：“那可麻烦您，天天来蹭吃蹭喝，太不像话了。”

回了房间表姐跟我说：“那人是你姐夫同学，没事他们就约一块儿打球。”

我们又打了一会儿，小任进来了，说：“哟，打球呢？我也来挥两拍。”

表姐把手柄给了他，于是变成了我和他的对打。开始几把我连连压他，他一撸袖子不服气地说：“我还打不过你一小丫头了！这把我可动真格的了！”然后他回回动真格的又回回被我拍死，我乐得直蹦。

我表姐夫进来看了一会儿说：“你正经动一回让我们看看！”

他说：“行，这把我可不让着你了！”

然后他便挥出一记快速的S球，我急忙移动脚步要去接，结果球没接到，倒把脚崴了……真心悲剧。

吃完饭我的脚踝已经肿得跟发酵成功的馒头似的，大姨说：“肿成这样今晚就别回去了。”我说：“不行啊，明天一早还有课呢。”小任说是他害我崴了脚，他必须承担送我回学校的义务。于是休息了一会儿，我便搭了小任的车回学校了。

我让他把我放校门口就行，可他说：“你这脚要减少活动才好得快。”于是他一直把车开到了我宿舍楼下。下了车我跟他道谢，看他走了，我也转身要上楼。

“陈小撸。”

我扭头看去，C君正站在路的对面，我心中一喜，一瘸一拐地走过去。

“你脚怎么了？”

“崴了一下，都肿了。”我扶着他的肩撩起裤管让他看。

他看了一眼，又问道：“刚刚那人是谁？”

“我表姐夫的朋友，看我脚不方便就送我回来了。”

“行，你上去吧。”说着他拔腿要走。

我拉住了他，说：“你站这儿是准备找我吗？”

“不是，只是路过。”

“可是你去实验室或回寝室都不经过这儿啊。”

他没说话，我一把搂住他胳膊说：“你就是来找我的对吧，欧巴？”

他一把撸下我的手，冷冷地说：“我不来找你，还看不见这一幕！”

“什么叫‘这一幕’，我说了他是看我脚走路不方便才送我的，你生什么气呀？”

“我借副球拍给人你都要气个半天，而你堂而皇之地坐着陌生男人的车进进出出，我还不能生气？”

“那不同啊，我是因为喜欢你、在乎你才生气，而你又在气什么呢？”

“我难道不喜欢你、不在乎你？”

“啊！是真的吗？”

他自觉失言，颇不自在地咳了一下，说：“哄你玩儿的！”说完他转身又要走。

我一把搂住了他，赖巴巴地贴在他胸前说：“我还以为你不要我了呢，这两天我饭都吃不下，瘦了好几斤，精神恍惚得把脚都崴了……”

“……那个脚，崴得厉害吗？”

“厉害，走一步都疼，要不我上你寝室去喷点药吧？”

“还走得动吗？”

“走不动了。”

“难道要我背你不成？”

“那还是我自己走吧，欧巴工作了一天好累的，我不能给他增加负担。”我假装柔弱，一瘸一拐地往前走。

“你这浑球儿别给我装大尾巴狼了，上来！”

看他屈身蹲下，我高兴地往上一趴，搂着他脖子靠在他肩上。

“我重不重？”

“不轻。”

“你到底找我什么事呀？”

“这几天我们开了个新课题，难度大，强度高，我需要集中精力。”

“你是来告诉我这些天不要去打扰你吗？”

“不，我是想集中精力，可我集中不了。”

我奇怪地问：“为什么啊？”

“你说呢？你天天满腹心事、愁眉苦脸的，我看了能放心吗？”

我讪讪地说：“你都不要我了，我还能每天笑逐颜开那我心也太大了。”

C君叹了口气，说：“你不要总胡思乱想。陈小撸，我跟你说啊，没有一口吃成的胖子，也没有一日建成的罗马，有些事要顺其自然，慢慢地来。你不要因为我没有说出你想听的话就觉得悲观难过，你不知道看到你难过，我也会难过。那天话说得太重是我不对，但话糙理不糙，纸上谈兵谁都会，但路始终要靠两个人一步一个脚印地走啊。你要有点信心，等真走到了那一天，可能并不比你预想的差呢？所以，有点耐心好吗？”

我将他脖颈搂得更紧了：“好，我会有耐心，也有信心，反正你知道我是愿意天涯海角随你去的。”

他轻轻“嗯”了一声，说：“知道了。”

C. 体能测试

·1·

好好地吃着火锅唱着歌，学校就突然下达了体能测试通知，并声色俱厉地指明不合格将不予颁发学位证书，看了看待测项，我觉得我的死期到了。

我私下找了辅导员询问：“这个体能测试是走形式还是动真格的？是不是学校吓唬我们？”辅导员跟我说：“现在不好说，动真格的面大，毕竟新官上任三把火呀，还是要认真对待的。”

我昏天暗地地回了寝室，倒在床上喃喃道：“我完了，我要死了……”

蒙奇奇拿着通知文件倚在床边逐项跟我分析：“你看啊，测身高、体重、肺活量，这个咱肯定没问题。坐位体前屈……是啥？”

我无力地说：“测你柔韧性的，这个我应该没问题，毕竟我是练过芭蕾的人。”

“哦，我小时候练过劈叉，也没啥问题。立定跳远，这个及格应该没啥问题吧……”

我哀号道：“我有问题！跳远我从小学到大学就没及格过！”

“一米五就及格。”

“我大概只能跳一米三。”

“好吧，为你默哀。继续，仰卧起坐，这个我不行，一会儿你给我压腿，我得练练。”

“我也不行，我压完换你，我也得练！”

“还有五十米，我状态好时勉强压及格线，状态不好就不好说了。”

“我跟你一样，要不咱一块儿跳楼去吧？”

“八百米，这个真是要了老命了，现在我上个楼都喘。”

我撑起身往下爬，说：“我要去天台了，你去吗？”

“咦？等等，这有个免于体测的申请表。”

我一听急忙问：“怎么申请？”

“得是病、伤、残，还得有二级甲等及以上医院证明才行。”

我琢磨了一下，说：“脚崴了行吗？”

“脚崴了只能推迟时间，脚好了还是得补测，你得是脚断了才行。不要想着走这条路啦，我始终觉得学校不会那么冷酷无情地对待我们的，当然我们还是要开始积极准备了，早上早点起床晨跑去吧！”

我套上鞋说：“我先去找我欧巴商量一下。”

走到C君寝室，我径直往他床上一躺，又开始哼哼：“我完了，我要死了……”

C君把衣服铺在我肚子上叠，一边叠一边说：“小小体能测试就要死要活的，你至于吗？”

我说：“至于！我拿不到毕业证，那最高学历就是高中学历，这是我人生非常难过的大坎！”

C君笑道：“就这还大坎，那你的人生还真是一马平川呢。”

“你根本不知道问题的严重性，现在考核的几项我几乎没一项能及格，就算学校有心睁一只眼闭一只眼，好歹我也得靠点边啊。”

“一项都不行吗？这么多年的体育课你都干吗去了？”

“体育课不就是女生聚一块儿聊八卦用的吗？欧巴，如果我最高学历是高中，你会不会嫌弃我、不要我？”

“……也不用那么担心，测的那几项突击训练一下都是可以大幅度提高的。”

“真的吗？快告诉我诀窍！”

“明天早上六点半到操场我告诉你。”

“你就不能写个 word 文档告诉我吗？”

“陈小撸……”

“好好，明天早上六点半，不见不散！啊，我要开始运动了，那我得先上网买双好看的运动鞋！”

·2·

早上六点，闹钟响了。

我睁开眼看看，天方蒙蒙亮，不行，完全起不来，再睡一会儿，于是我按了闹钟继续睡。

七点手机响了，看看是C君的电话，想起我根本没法解释，我索性不接，按下手机继续睡。

八点醒来，我意识到糟糕了，急忙惴惴不安地给C君发了条微信说："对不起，我手机不知道怎么搞的，居然静音了！"

他回复我说："手机静音了，还是耳朵静音了？"

一番话说得我很是惭愧。

下午没课，吃完中饭我休息了一会儿，给C君发了条微信说我去操场练跳远了，然后我和蒙奇奇带了个卷尺出发了。

我们在操场碰到两个女同学，她们也正顶着烈日在跳沙池。

我无比欣慰地发现她们比我还废物，于是我在她们身上找到了一点自信心，还很热心地指导起她们来："手要这样摆，腿要这样蹬……"然后我奋力一跳，成绩是一米四。

蒙奇奇把我拽开说："你别丢人现眼了，看我的！"

她站在池边，开始来回摆臂，呼啦呼啦地摆了快半分钟，也丝毫没有跳出去的打算。

我不耐烦地说："你到底跳不跳，我都要睡着了！"

蒙奇奇还是跟拉风箱似的没完没了地摆着手臂说："你不懂，要蓄足了劲儿才跳得远。"说着她便猛地跳了出去。我拉皮尺一量，我的个乖乖，一米五五！

她得意地说："怎么样？有效吧，这可是我传女不传男的不二法门！”

这要学起来啊！我也学着蒙奇奇的招式摆了一分钟的手臂，猛地跳出去，发现还真的有点用！这次我跳了一米四五，再多摆两下我就能及格了啊！

过了一会儿我收到了C君的微信，他说：“练一会儿就回去吧，中午太阳大，中暑了得不偿失。还有，你们是在练跳远，还是在组团搞笑？特别是蒙奇奇那厮。晚上喊上她，我好好给你们培训一下。”

咦？我四处张望了一番，但并没有发现C君的身影。

•3•

傍晚我和蒙奇奇来到操场，远远便看见C君站在沙池边。

C君叉着腰对我俩说：“你们先跳个我看看。”

蒙奇奇说：“你先跳，我压轴。”

我便照着“蒙氏摆臂法”开始摆臂，C君说：“行了行了，再摆下去你得起飞了！”

我还是起劲地摆着手臂说：“但这样真的跳得远。”说着我便跳了出去，成绩是一米三。

我讪讪地看着蒙奇奇：“咋不管用了？”

蒙奇奇说：“心诚则灵，你心里有怀疑了，就不灵了。”

C君没好气地说：“你俩够了吧，摆臂固然重要，但它也仅仅是辅助因素，更不是摆得越久越好！关键是前脚掌蹬踏时的爆发力和腰腹部的力量，还有要往高处跳！陈小撸你跳的时候腿直挺挺的跟个木桩似的，你的腿被僵尸咬了吗？行了，我示范一个给你们看吧，你们注意看我的动作。”

说着他就站在池边，以很帅的动作跳出去了，结果脚底一打滑，他身子先扑了出去，滚在了沙池里。

我和蒙奇奇抱在一块儿“咯咯”地笑个不停。C君爬起来边抖沙边恼火地说：“笑什么！刚刚是你们经常犯的错误，我给你们展示一下，现在动真格的了！”

他轻松一跳，我三米的卷尺差点不够量。我星星眼地看着他说：“欧巴，你简直太厉害了！”

他哼了一声说：“现在已经差多了，刚上大一的时候，校运会我长跑和跳高系里基本无敌，体育测试项项满分，就短跑稍微要差点。”

我急忙说：“我也是，我也是，短跑我也差。”

“别跟着瞎起哄，你的差和我的差不是一个概念，我的是100分和95分的差别，而你是二级运动员和二级残废的差别。”

我撇了撇嘴，说：“好嘛好嘛，二级运动员，快救救你的二级残废吧。”

蒙奇奇“哎”了一声，说：“二级残废可以开免体测的证明啊，真好，你可以不用练啦！”

我没好气地说：“说得好像你比我好多少一样！我如果是二级，那你就是一点八级！”

C君说：“你俩半斤八两的都别争了，都不用再练了，都去开证明吧！我走了。”

蒙奇奇慌忙说：“不是啊，陈小撸是彻底没救了，但我还是可以抢救一下的啊！”

回到寝室，我和蒙奇奇都踮着脚走路，室友说：“你俩是被鬼附身了吗？”蒙奇奇说：“小撸欧巴说这样可以锻炼前脚掌的力量呢。”

室友说："这管用吗？"蒙奇奇说："管用啊！小撸欧巴很让人信服的，他稍加点拨，我就已经能跳到一米六了！"

我骄傲地说："那是当然！他可是我欧巴！我费了吃奶的劲儿追来的男人！"

"可是你一点提高都没有，你欧巴说你是扶不上墙的烂泥。"

我满不在乎地说："扶不上就扶不上，反正他自己选的烂泥含泪也得捧在手心，捂在胸口。"

贝多多说："她是不是飘柔喝多了，就是那么自信？"

蒙奇奇说："她是又哭又笑小狗撒尿，前段时间还忧郁地说 C 君不爱她了，结果今天就又捂胸口上了。不是虐恋模式，就是虐狗模式，随机切换。"

我笑嘻嘻地说："这就是我们的相处方式，我就是被虐上千遍也不厌倦！"

• 4 •

本来我和 C 君约好第二天早上无论如何也要起床晨跑的，但闹钟响了后，我艰难地翻了个身，发觉整个身子骨就跟散架了似的，胳膊疼，大腿疼，小腿疼，屁股也疼，周身没一处妥帖的。于是我给 C 君发了条微信说："我阵亡了，全身疼，走路都困难，申请请假一天。"

他回我说："晨跑取消，改夜跑。今晚八点半，天上下刀子也得来！"

晚上我便挣扎着去了。本来我是喊蒙奇奇跟我一块儿去的，但她说她屁股疼得不行，坐都坐不住，更别提跑了。

我走到操场给 C 君打电话，电话里他"呼哧呼哧"地说："我看到你了，跑起来，跑起来！”

我不情不愿地挪动蚁步，跟裹脚老太太似的慢跑着。突然一双手拍在我屁股上，我“哎哟”一声，怨恨地扭头看。

“你这是跑步还是梦游呢？跑快点！”C君从后头追上了我，打完我屁股又朝前跑去。他跑了两步回头看看我，又倒退着跑了回来，催促我说，“你怎么回事？腿怎么抬不起来，灌了铅了？”

我苦着脸说：“我腿疼屁股疼，跑起来更疼。”

“你不要老有诸多借口，你就是懒！”说着他就跑开了。

过了一会儿他又追上了我。他一巴掌揍我屁股上：“我是不是得吊根胡萝卜在你前面你才跑得起来？”

我呼哧带喘的根本不想理他。

跑了一圈半，我停下来走路，他又从后面跑了上来，拽起我的手就往前跑：“你说你这样懒散，怎么能有效果呢？”

我被他拽着跑了半圈，喉头已经有腥甜的感觉了，胸口快炸裂了。我根本适应不了他的速度，几次想甩开他，但他牢牢地钳着我的手腕，根本不让我逃脱。

最后我实在坚持不住了，趔趔趄趄地扑在了地上，还被他拖行了半米，惨极了。

他终于肯停下来了。他蹲下来帮我拍掉裤子上的土，问道：“摔着没有？”

我坐在地上，没好气地说：“你是不是成心的？”

“我怎么是成心的？不是你要死要活地担心体测过不了吗？”

我哼了一声，说：“是我担心吗？恐怕你更担心，不想有个高中毕业的女朋友吧！”

他把我的裤子往上捋，看看我的腿有没有擦伤。检查完两条腿后，他说：“我发现你这人真难伺候，我不理你吧，你说我不够关心你；我理你吧，你又有别的说辞。你说你让我咋办？”

“不是你自己说的一口不能吃成个胖子吗？我没有运动基础，上来你就让我跟你似的健步如飞，这不是强人所难吗？”

“我哪知道你那么差，看着结结实实的比我还能吃，谁知跑起来就跟闹了三年饥荒出来似的，你的饭都吃哪儿去了？”

“你管我吃哪儿去了！我吃你家大米了？”

“好好好。”他站起来把我拉了起来，“你回去躺着吧，我再跑一会儿。”

我一瘸一拐地走到场边，但我并不想回去，我倚着场边的栏杆看他。众多夜跑的人中，我一眼便能识别出他来，因为他的步频明显快出了旁人一大截，他就像只矫健的羚羊，步伐轻盈，身姿挺拔。可他怎么就不知道累呢？他怎么能这么持久呢？这个问题让我非常困惑，也非常骄傲。

等他跑近了，我拢着嘴冲他喊了声：“C 君，你好帅哦！”

他扭头瞪了我一眼，跑开了。

等他又跑了一圈，我又喊了声：“C 君，我们交往吧！”

他连头也没扭，风一般跑远了。

第三圈我正思考着喊什么口号时，他放慢了脚步，冲我走了过来。等他走到我跟前，我笑嘻嘻地跟他说：“C 君，我们结婚吧？”

他捏着我脖子将我原地旋转了一百八十度，冲着宿舍的方向拱了一把，说：“瞎捣什么乱，给我哪儿凉快哪儿待着去！”

我怨恨地扭头看他，说：“不和你结婚了！”

他叉着腰说：“那你和谁结去？”

“我随便找一个！”

“那你找去吧！”说着他便转身要返回跑道。

我助跑着冲了过去，搂住他脖子跳上他的背，大声说：“算了，我还是和你结婚吧，便宜你啦！”

他“哎哟”一声一个踉跄，好不容易站稳了，他恼火地说：“腰都压折了，你个浑球儿！”

说完他作势要把我甩下来。但我就像无尾熊一般紧紧扒着他，我在他耳边说：“听到没有？我答应和你结婚啦！”

“你答应管什么用？求婚的不也是你吗？甭想浑水摸鱼。”

哼！我猛地用额头撞他后脑勺，这家伙就不能让我有一分钟的痛快！

D. 社会新鲜人

·1·

大学最后一个学年，大家都忙着实习，忙着穿梭于每场校招、双选会之间。

我本是决心考研的，C君也同意了。但每天捧起书本我就犯困，还没看上两行字就忍不住拿起手机刷微信、刷微博、看淘宝，心早就不知道飞到哪儿去了。我甚至无聊得跑到豆瓣发了个帖子，向全世界秀恩爱去了。

而每当C君问我考试准备得怎么样了，我都跟他打哈哈。他常常语重心长地跟我说："看你天天混不吝的样子我都替你着急，既然决心要考就好好准备。都说笨鸟先飞，你倒好，非但不飞，还整天趴在窝里，时间都这么紧迫了，还天天玩！"

他一数落我，我就满口又保证又发誓的，但一转头又忘了。

回到寝室，蒙奇奇看到我抱着书两眼呆滞的样子，便说："何苦为难自己，你应该清楚自己是个'学渣'的现实，考研纯粹就是浪费时间。"

还是蒙奇奇懂我。但我还是很纠结，因为C君是博士，我总想着不能和他差得太远了，如果他是一棵高大笔挺的乔木，我便不能是绿化带里矮小的灌木，怎么也得是他近旁的一株小乔木啊，起码要作为树的形象和他站在一起。

但我渐渐发现以我的学习水平和C君论，我可能连灌木丛都不是，只是一棵冬虫草，其实就是一种菌，还硬往植物里凑，愣说自己是草。

那天我被蒙奇奇拉着去听了一个企业宣讲会，我突然对宣讲者所描绘的企业文化产生了兴趣，开始思考如果找工作，我应该从事什么样的职业。

回来后我问蒙奇奇："你确定好你的就业方向了吗？"

蒙奇奇说："哪儿给钱多就去哪儿呗。"

"远方的忠诚儿子和物质的短暂情人，看来你是要选择后者了。"

"不然呢？我们的专业又不跟你家C君似的，研究成果都是全人类的。我们学的那些风花雪月、皮里春秋，再深也不过是没事张口能吟出些'算春色三分，半随流水，半入尘埃'，提笔能写出些'你应该是一场梦，我应该是一阵风'。"

"你要真能写出这些，那也是全人类的财富。"

“反正有些人啊，上大学是为了推动人类文明；而有些人呢，就是为了混口饭吃。都去当科学家了，谁给我送外卖啊。”

蒙奇奇的话让我深省，我为什么要日复一日地在象牙塔里读死书，我是做不成学者的，我应该早点走入社会赚钱，还有望能当个富婆。

·2·

打定了主意后，我便把我放弃考研准备找工作的事跟C君说了，他瞪大了眼说：“又不考了？你怎么一时一个主意！”

“你还真以为我能考上啊？我已经看清自己了，就不再浪费时间了。”

C君皱着眉说：“你总是想起一出是一出，搞得人措手不及的！那你准备在哪儿找工作？”

我说：“你在哪儿，我就在哪儿呗。”

他盯着我半天都没说话。

我心里突然有些发慌，想起了之前他说的“一口吃不成的胖子，一日建不成的罗马”，如今毕业在即，这胖子吃成了没有，罗马建成了没有？我按照他的节奏亦步亦趋地走到现在，结果能如我所愿吗？

看他似乎还在犹豫不决的样子，我又试探着补了一句：“如果你愿意我跟着你的话。如果你不愿意，那我就回家了。”

“如果我不愿意，你就自己卷起铺盖回家了？”

我耷拉着头说：“那不然呢？我一个人待在这里有啥意思啊。”

他突然将手压在我脑袋上，沉沉的，我努力支撑着。

“陈小撸，你真的愿意天涯海角地随我去吗？”

“愿意！”我一秒都没有犹豫地说。

“别这么草率，你再好好想想，未来不知道会面临什么，我也给不了你金山银山或者多么富裕的生活，你真的愿意过这样的日子吗？”

“愿意！”我依旧没有犹豫地点头。

他“嗯”了一声，像做出了重大决定般拍着我的头说，“那好，陈小撸，别回家了，你就跟着我吧！”

我猛地扑过去搂住了他，说：“你快吓死我了！我见你考虑那么久，还以为……”

“还以为什么？”

“还以为你不想和我结婚了呢……”

他一指头戳我脑门上：“你这脑子里天天除了结婚就没别的了，难怪成绩那么差！明明挺机灵一人，就是不往正道上走！”

“那怎么了？我觉得幸福就是做一个不思进取的天才！”

C君念叨着这句话，感慨颇多地说：“也是，社会指望不上你，国家也没等着你尽忠，你还是一天天地穷开心吧。”

而我雄心万丈地在他寝室躁动着踱来踱去：“我马上要工作了，要赚很多很多的钱了，欧巴你就安心做你的居里先生，全心全意地做你的研究，我养你！只要我有一口肉吃，就有你一口汤喝！”

C君浅浅一笑，说：“姑且先听着吧。”

·3·

突然拿到了未来的通行证，我心情大好，豪情万丈地把我的淘宝购物车都清空了。

其结果便是卡爆了，我彻底穷了，而离月底还有大半个月。

中午跟C君去食堂吃饭，我刚一刷卡，刷卡机就提示余额不够了，真是屋漏偏逢连夜雨，船迟又遇打头风，我尴尬地把放进饭盒的大鸡腿又退了回去。

C君坐定下来，看见我饭盒里难得的素净，他说："哟，鸡腿小公主今天转性了，咋不吃鸡腿了？"

我忧伤地说："饭卡就剩五块钱了，鸡腿要十块。"

C君掏出他的饭卡递给我，说："那哪行？鸡腿小公主不吃鸡腿这一天怎么过得去？买去。"

我马上接过饭卡，高高兴兴地去打了个鸡腿回来。

吃完饭走出食堂，C君突然拉住了我，他指着门口的充值窗口说："饭卡不是没钱了吗？充点啊。"

我一摊手，说："我没钱。"

C君不明就里，问："你钱呢？"

"花完啦。"

"花哪儿去了？"

"买衣服买包了。"

"那能花多少钱？我一个包两百多，一件衬衣才五十。"

"我一件胸罩都不止这些钱。"

他白了我一眼，说："卡拿来。"

他接过我的卡，走到缴费处，给我饭卡里充了三百块，又塞给我几张纸币，说："你说我养得起你吗？又能吃又能花的。"

我把钱和饭卡珍宝似的捂在胸口，说："欧巴你放心，等我工作赚了钱，你就等着花我的钱吧！"

C君说："就你这德行，我表示怀疑。"

走到宿舍楼下看见路边的水果摊，我又觍着个脸扯着C君要求吃水果。

“想吃什么？”

“苹果。”

C君问了价格，红富士八块一斤，阿克苏十八块一斤。

他说：“要哪个？”

我说：“要十八的，那个甜，我吃过！”

他白了我一眼，说：“不傻，就知道挑贵的。”

然后他给我买了四个阿克苏，共计四十六元五角。

·4·

因为中途决定不考研，接下来我面临的便是实习了。

蒙奇奇已经找好了实习单位，在她表哥的公司。没错，就是相亲放了我鸽子的那位表哥。

蒙奇奇这次又主动请缨了，她说要和她表哥说一声，也让我进公司实习。我自然是愿意的，关键是C君也挺乐意，他说：“你们俩上下班能彼此搭个伴是最好的，总比你一个人在外头乱跑强。”

他跟我和蒙奇奇嘱咐：“以后你们下班尽量一块儿回来，如果有人要加班，就等一等彼此。”

我说：“好的，欧巴！”

奇奇说：“如果太晚了可以让我表哥送我们回来！”

C君一听，不动声色地问：“哦，你表哥……他多大？”

她状似精明地说：“快五十了！”说完她还冲我挤了挤眼。

C君抚了抚下巴，说：“哦，快五十的表哥……”

她还以为自己救了我呢，我真无力吐槽她了。

· 5 ·

实习第一天我跟C君吐槽说："实习生的午餐好难吃，我都没吃饱，一半都扔了。"

C君说："晚上回来给你买大鸡腿。"

我靠着有大鸡腿吃的信念撑过了实习的第一天。

晚上吃饭的时候，C君开启了话痨模式，一直在问我公司的事。譬如今天干了些什么？表现得好不好？有没有偷懒？和同事关系怎样？中午吃的什么饭？吃饭时和同事说了什么话题？

我一五一十地都跟他交代了。

后来C君吃完了我还在吃，他就坐在那儿看着我吃。看着看着他突然说了句："那个，没人欺负你吧？"

我头也没抬地说："我像那么软弱的人吗？谁能欺负我啊？"

他"呵呵"笑了一声，说："也是，你不欺负别人就不错了。"

吃完饭走到宿舍楼底下，C君拍了拍我的头，说："明天也要加油啊，社会新人陈小撸同学。"

· 6 ·

又一天辛苦的工作结束，下班后我照例给C君发了条信息，说："我正在回去的路上，食堂门口见。"C君回复我说："好。"

但在去地铁站的途中，蒙奇奇说她想去逛商场买鞋，并极力邀请我一块儿去。虽然我也有点想去，但我已经跟C君约好了吃晚饭，不能轻易更改。要是因逛街而放他鸽子，以他那小肚鸡肠，肯定会生气：想我赏脸陪饭，居然还没有一件衣服有吸引力？

蒙奇奇给我出了个主意，说："就跟他说咱们临时被通知要加班，回不去了。"

我想了想，似乎也只有这个办法能皆大欢喜了。于是我给C君打了电话，装作极不情愿的样子，C君还宽慰我说："别抱怨，忙点能多学点东西也是好的。那个，蒙奇奇也加班吗？"

我说："加，她和我一块儿加！"

C君说："如果太晚了你们就一块儿打车回来，注意要坐正规运营的出租车。"

我一边答应着，一边心里充满了欺骗的愧疚感。

不过挂了电话我立马又高兴起来。我们先去吃了个饭，填饱了肚子逛街才有劲。

奇奇是个晒朋友圈狂魔，一天下来能发八百条动态，什么鸡毛蒜皮的都发。于是她照例把我们吃的东西发到了朋友圈里，还标记了地理位置。

吃完饭我们便去逛街了，蒙奇奇买了双鞋，我也买了双，她又拍了我们试鞋的照片，又发上了朋友圈。

我正在试第三家鞋子的时候，蒙奇奇突然喊了一声："完蛋了！"然后她把手机递给了我。

她刚才发的那两条朋友圈，就在刚刚，C君点赞了！这个从不发朋友圈也不点赞的人，点赞了！

我的心顿时拔凉拔凉的，蒙奇奇避开我杀人的目光挠了挠头，说："我真的忘了加过你家C君了，你知道他从来不发东西，太没存在感了……要不这样吧，你就说这都是我的馊主意，是我硬拉着你去的，反正他也不能拿我怎么样，就把一切罪过往我身上推好了！"

“你当他是傻子吗？你把我腿绑起来了？我要意志坚定能跟你走？”我无语。

随后我们两个臭皮匠想了一路的对策，最后也只得出了‘老实交代，争取宽大处理’的结论。

回了学校我给C君发了条微信，说：“今晚有时间听我解释吗？”

他回我：“解释？”

我说：“错了，不是解释，是认罪！”

后来我跟他认了半小时罪，发誓下不为例，这事才了结。有个较真的男友也是心累得很。

·7·

下班后和蒙奇奇去坐地铁，看到一家江南布衣风格的店在做清仓活动，看到便宜就走不动路的我，于是一头扎入店里开始挑衣服，最后我买了三件，蒙奇奇买了两件。

回到学校后，我跟蒙奇奇说：“我得先把东西放回去，不然C君看到又得唠叨我！”正说着我就接到了他的电话。我说，“我到校门口了，你先去食堂，我马上到！”

他“哎”了一声犹疑不定地问：“你确定才到门口？我怎么看到前面有个提着一堆袋子跟变形金刚似的人很像你呢？”

唉，又被抓包了。

·8·

这天吃饭的时候我发现C君情绪有些阴郁，就问他怎么了，他说遇到个难缠的项目，负责人搞得人焦头烂额。

我说：“你没告诉他你是我陈小撸罩着的吗？”

C君看着我笑了笑，说：“本来还挺郁闷，后来一想到还有个二货在等我吃饭，好像就释然了些。”

“啊！”我凑上脸问，“欧巴，我好重要的对不对？”

他说：“嗯，一想到你我就有种世界待拯救的使命感。”

• 9 •

晚上去C君寝室，我随口问了句：“栋哥去哪儿鬼混了？”

他说：“哦，他和他女朋友去看那个《何以肖申克》了。”

……好吧。

• 10 •

C君本科时除了参加过羽毛球社，还参加过桥牌社，他们社一共八个男生，随着每年的毕业，最少的时候只有五人，但他们依然打遍邻校、校工队无敌手。

那年举办过一次全国桥牌大赛，他们队因为一人失误没出线，C君气急败坏地把他的拍档痛骂了一通。一内蒙古的彪形大汉，生生被他骂哭了，还哭得呜呜的……

对比之下，我简直是“猪坚强”啊！

• 11 •

晚上我无聊地躺在床上给C君发语音消息，结果他半天都不回我。

于是我抱着手机扯着嗓子冲着话筒号了一句：“欧巴！俺想你咧！”然后发了出去。

一会儿他回我了：“你这个浑球儿！全实验室的人都听见了！”

后来他就不准我再给他发语音消息了，就算我发了他也不听，他还说发语音消息是没文化的人爱干的事。

一竿子扫倒一船人啊！

• 12 •

实习结束后，我开始找工作了。

C 君叮嘱我说：“最近忙没空管你，你自己自觉点，别以找工作为由整天跑出去逛街，出去干吗、和谁出去、几点回来、遇见什么事都发个信息告诉我。”

我说：“这不成‘早请示晚汇报’了吗？”

他说：“嫌麻烦啊？”

我说：“不是，我怕我汇报得太频繁你会嫌我啰唆。”

他说：“没事，我不一定会看，但你得发。”

• 13 •

周末我和 C 君一起去剪头发，因为他最近头发掉得实在厉害，我也把我一头如瀑的长发剪短到勉强能扎起来的程度。

剪出来我着急忙慌地问他：“好看吗？”

他端详了一番，说：“还行吧，就是脑门秃了点。不过以前也这样，你不是有个外号叫‘秃逼 No. 1’吗？”然后他还唱起来了，“to be number one……”

·14·

C君总嫌我笨，什么事都能做得乱七八糟。

后来有一天我和蒙奇奇一块儿做了套IQ测验题，最后得出的智商分数是138。

我赶紧拿去跟C君炫耀："你以后还敢说我笨吗？138已经接近天才了！哈佛本科生的平均智商也才130！若不是奇奇拖累我，我得145！"

C君听完就在那儿掰着手指喃喃自语："138，两人……合一人69，嗯，差不多。"

我欲哭无泪。

·15·

C君某天突发奇想，送了我两只丑陋的乌龟，还指望我能喜欢它。

见我反应平淡，他很不满意地说："你说你喜欢小动物我才买的！"

我说："您这误会大了！我喜欢的小动物是小猫、小狗这样长得可爱的哺乳动物，而不是长得跟蜥蜴一样吓人的冷血动物。"

C君把乌龟放在掌心，和它大眼对小眼："哪里吓人了？明明长得很英俊。"

我跟他说："我上小学时，有个男生把蜥蜴放在了我桌肚里，上课了我伸手去拿书，结果拿出了一条冰凉湿软的蜥蜴，你能想象我的心理阴影吗？从此我对类似的冷血动物都怕得要死。"

"给它们起个名字吧？"

"啥？"

“名字！龟的名字！有了名字才能产生感情。”

“谁要和它们产生感情，我才不要给它们起名字！”

“有你这么狠心的吗？你这母亲怎么当的？”

“谁是它母亲啊！”

“没妈的小可怜……”C君抚摸着龟壳感慨。

“那……那就随便叫……舒克和贝塔吧。”

“舒克、贝塔？嗯，舒克、贝塔！”老父亲开心了。

• 16 •

马上就要放寒假了，怕舒克和贝塔在寝室里会冻死，我便把它们交给了蒙奇奇喂养。

蒙奇奇说：“喂没问题，但死了可别找我啊！”

C君微笑着说：“你喂死了，她提头来见便是。”说完他一指头戳我鼻子上了。

蒙奇奇如释重负地说：“哦，那就好。”

啊！关我什么事？！

开学后，奇奇把乌龟还给C君了，她还说她妈这些天都喂出感情了，还挺舍不得的。

我一听用手肘撞了撞他，说：“要不就送给阿姨吧！”

当时他瞪了我一眼。从奇奇那儿离开后，他问我：“你是不是很难喜欢上一样原本不喜欢的东西？”

我说：“可能是吧，那你呢？”

C君想了想，说：“你应该庆幸我不是个太固执的人。”

三

同一
屋檐下

A. 一家之主

·1·

春节前夕，C 君决定带我回青岛。

自打知道这事起，我就进入了一级战备状态，紧张兮兮地跟 C 君探听我未来公公婆婆的个人喜好。我每天患得患失地担心万一他们不喜欢我怎么办？他们会不会棒打鸳鸯拆散我们？

C 君却不以为然，说："你这纯属杞人忧天，我的事我父母插不上手，因为我才是一家之主。"

当时的我深表怀疑。

到青岛那天，来接机的是我公公，到了家才见到我婆婆。

她年纪看上去比我公公稍显大些，其实她比公公还要小三岁，大概是因为公公是中医，懂得养生之术。但她面相和善，不像电视上刁钻刻薄的恶婆婆，我一直悬着的心才稍微放下了些。

她一见到我便笑容可掬地把我拉进屋里，不停嘴地说："累了吧？先喝点水吧？水果吃吗？糖果吃吗？"C 君说："妈，你歇会儿吧，想吃什么她会自己动手，这点你根本不用操心。"

我一听内心很想打他，但外表还是一派大家闺秀的模样说："谢谢阿姨，飞机上都吃过了。"

行李都安顿妥当后，婆婆关上厨房门开始炒菜，我便跟在 C 君屁股后面转，他上哪儿我就跟到哪儿。

他在沙发上坐下，我也老老实实地挨着他坐。

他随手抓起果盘里的一颗小橘子剥着吃，我小声跟他说："给我也剥一个，我也想吃。"

他大声地说："想吃自己拿，那么多呢。"

当时我婆婆正好经过客厅，我一看急忙义正词严地说："我不要，我并不想吃。"

C君一边吃橘子一边不怀好意地笑："哦，好吧，你不吃那我自己吃了。"

我婆婆听到走过来说："不爱吃橘子啊？那吃苹果吗？我给你削一个。"

我赶紧站起来，说："别麻烦了阿姨，我还不饿，先不吃了。"

我婆婆说："也是，马上要吃饭了，吃完饭再吃水果。CC你也别吃了，一会儿吃撑了晚饭都吃不下。"说完她又返回了厨房。

等她一走，我就把C君手上的半个橘子抢来塞进嘴里了。这段时间减肥减得我肚子里一点油水都没有，我整个人好看是好看了不少，就是看啥都想往嘴里塞。

为了迎接我，我婆婆准备了丰盛的晚饭，螃蟹、虾和鱼都是新鲜的，清蒸即可，还有辣炒蛤蜊和一盘西葫芦炒蛋。

"阿姨的手艺也就这样了，随便吃吃吧，明天咱们出去下馆子吃好的。"

我忠厚老实地说："这菜明明色香味俱全呀！"

C君夹了一筷子炒蛋，又吃了只蛤蜊，皱了皱眉，说："你的手艺真的也就这样了，蛋一点味儿都没有，蛤蜊又咸了。"

婆婆赶紧尝了口蛋，迷茫地看着她儿子说："我是不是没放盐啊？"

C君说："放没放你问我啊？"说着他便起身去厨房拿了瓶淡盐酱油往菜里倒了点。而我婆婆还在那儿嘀咕着："我记得我明明放了的啊……"

C君一边拌菜一边叹气说："唉，C大夫你给你老婆开点药吧，这啥记性？"

我夹起一只蛤蜊尝了一下，说："哪里咸了，明明正好！"

我公公也吃了一只，说："辣酱搁多了点，有点辣，但能吃。"

后来我婆婆倒了碗开水，说："谁觉得咸就用水涮涮。"

但最后我们谁也没涮，就C君一个人涮了。

于是我婆婆没好气地说："就你一天天的穷讲究！"

·2·

吃完饭我帮着收碗，还打算洗来着，但婆婆硬把我推出了门："你出去坐着吃水果吧，有车厘子，让CC给你拿。"

推却了两下我就出去了。我觍着个脸跟C君说："阿姨让我出来吃水果，车厘子，我要吃车厘子。"

"车厘子？什么车厘子？没有。"

"有！阿姨说有，让你给我拿！"

"那你问她要，我不知道她搁哪儿了。"

"我不要问，你帮我问，就说你想吃。"

C君双掌扶在脑后，一派轻松适意的模样说："我不想吃，谁想吃谁问。"

我很为难地说："我不可以问啊，刚来就要吃要喝的哪行？"

C君笑道："别装模作样地扮矜持了，你刚刚吃螃蟹吃虾吃得都快现原形了。"

"我原形是啥呀？"

"饭桶啊。"

我狠捶了他几下。

这时公公正好走进来，C 君便喊住了他说：“爸，咱家车厘子放哪儿了？陈小撸说她很想吃。”

啊！好烦！我抓狂地说：“我没说我想吃！”

C 君一听又对他爸说：“哦，她又不想吃了。这一会儿想吃一会儿又不想吃的，有个准主意不？”

呜，太坑人了……

公公走到露台去提了个袋子，后来又去了厨房，一会儿他就端出了一大盘红得发紫的车厘子，还拍了拍 C 君脑门说：“你这家伙，别总欺负人家小撸老实！”

“她老实？”C 君差点被呛到了。

•3•

晚饭后大家都进入了休闲模式，C 君和他爸裹着军大衣在院子里对月小酌，我和我婆婆则在客厅里看《武媚娘传奇》。

看看看着我婆婆便开始问我的家室底细，好在这场景我已在心底用沙盘推演了无数次，那些话也在我心里盘桓良久了，该精讲什么，略讲什么，我皆娓娓道来。

我自认为能在最短时间内获取一个人信任的不二法则，莫过于推心置腹。两个素未谋面的人，总得有一个人要率先低下门楣，赤诚相对，另一个人才会跟着卸下心防。

我抢在我婆婆识破我的真面目之前，以进为退，竹筒倒豆地说了自己好多缺点。最后我总结道：“幸好 C 君心地善良，能够包容我，和他在一起之后我也被潜移默化改变了好多，现在我什么事都听他的了。”

婆婆听得高兴，跟我说：“不能什么事都听男人的，那孩子有时候太自以为是，他认准了的事谁说也听不进，我们都管不了他。你要是现在就惯着他这毛病，以后就更没你说话的份儿了。咱们女人还是得有点自己的核心竞争力吧？”

我说：“我没阿姨你那么能干，里里外外一把手，这几天我跟你多学习学习。”

这时C君进屋了，他一屁股坐在我边上，手掌搭在沙发靠背沿上，跷着二郎腿一副大爷做派，说：“你们都聊啥了？让我也听听。”

我说：“已经聊完了，主要是聊你长得帅这件事。”

C君挑了挑眉，说：“这个不争的事实有啥可聊的？这不是秃子头上的虱子吗？”

婆婆啐了他一口：“说你胖你还真喘起来了。”

后来C君搭沙发背上的手突然顺势滑下来搭我肩上了，他张开五指跟扣篮球似的扣着我后脑勺，拨弄来拨弄去。我觉得在婆婆面前这样不好，就把他拨开了。

他突然问了句：“今晚床怎么分配？晚上我们睡哪儿啊？”

婆婆想也没想就说：“睡床啊。”

C君说：“哦，行。”

我婆婆突然反应过来，慌忙摆手说：“不，不，你别睡床，我把充气床给你拿出来，你睡那个，让小撸睡床。”

我急忙推辞说：“要不我睡充气床，让C君睡床吧。”

婆婆说：“哪能让你睡那个，就让他睡！一大老爷们儿哪不能将就啊。”

后来在找充气床的时候发现床给压壁柜里头了，我婆婆嫌麻烦，说：“懒得给你翻，你就睡沙发吧！”于是C君最后的落脚地就是沙发了……

临睡前，我躺在C君的床上回想今天的表现，觉得应该能及格吧。

这时在客厅沙发上的C君给我发了条微信，问：“我的床舒服吗？”

我说：“稍微有点硬。”

他说：“换换？”

我说：“没事，我能坚持。”紧跟着我又给他发了句，“我想和你睡。”

他回了我一个字：“来。”

我说：“这会儿你爸妈还没睡熟，再过半个小时我去沙发那儿看你。”

他说：“看我干吗？”

我说：“看看能干点啥。”

他说：“啥也干不了。”

我说：“不一定。”

然后就没回音了。过了一会儿我听见客厅有动静，好像是C君去厕所了，过了一会儿脚步声到我的门口停住了。我搂着被子目不转睛地盯着门口，看见C君将半掩着的门推开，探了头进来嘀咕了一句：“得把门给你锁上，省得半夜梦游来骚扰我。”说着他便把门彻底关上了。

当晚的月色，和我的忧伤，都是淡淡的……

· 4 ·

我总是听我公公婆婆夸赞C君的厨艺，说他有包办一桌年夜饭的本领，特别是有道经典鲁菜——九转大肠，从清洗到烹制，C君不允许旁人插手，说是旁人一碰就得变味儿。听起来真是玄之又玄。

我一直期盼着C君能露一手给我看看，我好瞻仰一下他颠勺的伟岸英姿，但婆婆总是心疼儿子，不愿让他进厨房。

那天晚上她买了条石斑，C君看到了便说："这个清蒸，我来弄，你别给糟蹋了。"

我婆婆嗔怪道："瞧把你能耐的，清蒸最简单，你倒给我们做个复杂的。"

C君不以为然地说："怎么算复杂？家熬？红烧？干煎？也不是不能做，但石斑就清蒸最好吃，红烧或干煎不是糟蹋物件吗？"

"好好好，交给你了。"婆婆边说边脱下了围裙。

我在一旁欢欣鼓舞地接过围裙往自己身上套，说："我给你打下手。"

只见他把已开肠破肚的鱼又仔细清洗了一遍，把没刮干净的鳞又刮了一遍，放砧板上用刀在鱼身上划了几道口子，又抹上了一层薄盐。

我在一边跃跃欲试，问："我能干点啥？"

他看了看台面，说："你帮我切点姜片和葱段，注意手。"

这个我拿手，我细细地切好了等距的姜片和葱段，C君将它们都铺在了鱼上面，还在鱼肚里塞了几片。等烧开了水，他便将鱼放进了蒸锅。

C君看了看时间，嘱咐我分针走到"5"的时候提醒他关火、煎油。

我满口答应着，只是后来我看电视看得入了迷，忘了时间，分针快走到"6"了。直到C君急吼吼地从房间里冲出来，我这才突然想起正事！我赶紧跑过来冲他喊："时间到了！快关火！"

他瞪了我一眼，说：“用你马后炮？”

随即他起了个小锅烧油，烧到冒烟便将滚油淋落在撒了葱花的鱼身上，顿时香气四溢，再淋上几许蒸鱼鼓油，完工了。

我惊呼：“竟然这么简单！那我也会做啊！”

C君说：“那下次你来。”

我马上又退缩了：“算了，还是你做得好吃。”

“嗯，亲自做多麻烦，还是等着吃好。”

我仰着脸笑嘻嘻地说：“你咋那么了解我？我简直是你肚子里的蛔虫呀。”

“说错了。”

“你是我肚子里的蛔虫？”

C君屈指敲我脑袋：“我是你肚子里的孙悟空！”

我满不在乎地说:“孙悟空就孙悟空,反正我是要给你生猴子的！”

• 5 •

五六岁的小外甥女来C君家做客。当时我正在吃饼干，看到她来了，我赶紧把剩余的饼干塞进茶几抽屉里，抓起果盘里的一个橘子说:“橘子可甜了，给你剥一个？”

她看了我一眼，说：“你是谁啊？你为什么在我舅舅家？”

我笑眯眯地说：“我是你舅妈。”

小女娃嘴一撇，头一昂，“噔噔噔”地跑进书房找C君去了。

我也跟着去看，看见C君把小女娃抱起来放在腿上，给她放《熊出没》。

我扒着墙恨恨地看着小女娃吊着C君的脖子，一边看动画片一边

“咯咯”地笑。

看了一会儿C君问她：“欢欢是喜欢熊大、熊二还是光头强啊？”

小女娃想了半天，说：“光头强。”

“为什么？”

“因为只有光头强是人啊，人又不能和熊结婚，我只能和光头强结婚。”

C君哈哈笑道：“原来你喜欢光头强这样的男孩子啊。”

小女娃着急地说：“我才不喜欢光头强呢！我喜欢舅舅，我要和舅舅结婚！”

妄想！妄想！我恨恨地抠着墙皮，这世界上只有我一个人能和C君结婚！

C君抓着她的小手亲了一下，温柔地跟她说：“舅舅不能和你结婚。”

“为什么啊？”

C君微笑道：“因为舅舅要和舅妈结婚啊。”

我激动得差点老泪纵横，C君终于肯和我结婚了呀！

小女娃像条泥鳅一般在C君身上翻来滚去的表示不满：“是不是外面那个舅妈？可是我不喜欢她！”

“你为什么不喜欢她？”

“因为她吃饼干不给我吃，还藏起来，其实我根本不想吃！”

呜……居然被一个小女孩看穿了。

“还藏起来了？”C君哈哈笑道，“其实舅妈也是个小孩，你要原谅她，像舅舅从来都不跟她一般见识，有吃的都给她。”

“那舅舅，我下辈子再嫁给你可不可以？”

“下辈子是迷信的说法，不能当真的。人就只有一辈子，死了埋了就没了。”

小女娃似懂非懂地转着眼珠子，突然她一只手直指我的方向大喊一声：“光头强在偷听！”

我露出半个脑袋虎视眈眈地瞪着她，说：“没错，我是光头强，谁再说我坏话，我就去把她家树全砍光！”

小女娃撇着嘴使劲晃着C君的胳膊让他做主，他扭头瞥了我一眼，对着小女娃说：“欢欢你今年有五岁了吗？”

小女娃说：“我已经五岁半啦！”

C君笑道：“看样子你舅妈才三岁。”

·6·

中午婆婆在厨房备菜，我主动要求帮她切土豆。切了几下我觉得刀不好用，小声嘀咕了句：“怎么切不动啊？”

C君过来看了一眼，说：“你用刀背切菜啊？”

我定睛一看，要死！我赶紧把刀反过来，假装镇定地说：“哦，这小刀太窄，正面反面看上去都差不多。”

C君呵呵一笑走了，我婆婆便让我出去看电视了。

我出来使劲捶了他一拳，说：“你怎么老在你妈面前拆我的台！现在你妈觉得我是个四体不勤、五谷不分的人了，你美啦？”

C君笑着说：“你本来就是这么一人，不然呢？”

“那我好歹也要装个样子，不然你妈怎么放心把你交给我？她不得担心我把她宝贝儿子饿瘦了？”

“她自然是不放心，但架不住我愿意。不是跟你说了吗，这家里我说了算。当然，以后的家，也得我说了算啊。”

我问：“凭什么？”

他说：“因为我有脑子，你没有。你以为当一个家那么容易？”

我不服地说：“你这是商量的语气吗？”

“不是，”他说，“是知会你一声的语气。”

B. 同一屋檐下

·1·

毕业离校在即，找房子的事提上了日程。一想到马上就能和 C 君过上同居的日子，随时随地就能扑倒他，我激动得都快抽风了。

C 君有空便带着我去看房子，在房屋中介那儿登记信息的时候，工作人员说：“其实你们这种情况不需要多大的面积，小而全的两居室最适合小两口了。”

我在一旁小鸡啄米似的点头说：“对对对！没错！”

“那我就给你们着重看五十到八十平方米的房子。”

我说：“不行，太小了，要看一百平方米以上的！”

C 君问：“那你刚刚在那儿对什么对呢？”

“他刚刚说我们是小两口，没错啊，对着呢！”我一头歪倒在他肩上幸福地说。

·2·

房子看得多了，矛盾也出来了。但凡 C 君看上的我都不满意，而我喜欢的他又不同意。

这天房产中介又带着我们去看了一处房子，那个房子我相当喜欢，房龄短，装修好，更妙的是还带了一个探出去的露台。站在露台上极目远眺时，我满脑子都在幻想夏天时我招朋唤友来烧烤，冬天和C君并排坐在窗口赏雪的温馨场景。

我扯了扯C君的衣角跟他眨眼，暗示他我非常喜欢这个房子。只是他一直也不接我这茬，只顾着跟房产中介问门口有几路公交站，最近的地铁站距离多远，物业怎么样。

和中介分开后，我马上跟C君说："定了吧！就这里吧！你看到那个露台了吗？春天可以种花，夏天可以烧烤，秋天可以乘凉，冬天可以赏雪。"

但C君给我泼了一盆冷水："这里不好，你上班不方便，要倒两趟车呢。还有楼下的门禁锁已经坏了好长时间了，也没人修，说明这里物业不作为。再看看吧。"

我很生气，脖子一梗说："我不管，我就要这里，我就要那个露台！你不给我租这个房子，我就……我就……"

C君睥睨着我说："你就什么？"

"我就不好了！"

"哪儿不好了？"

我垂着头噘着嘴说："心不好了，心可难受了……"

"就因为夏天不能烧烤，冬天不能赏雪？"

"是的。"

"相信我，别的房子也可以拥有这些。"

"真的吗？"

“真的。”

正说着他的手机响了，他接起电话说了一阵，挂了电话便拽起我的手说：“走！有合适的房子了。”

那是他同学一亲戚的房子，本是亲戚女儿的婚房，只是婚后不久她便随着夫婿出国定居了。想着房子空着也是空着，他同学便跟亲戚联系了一下，问可不可以出租。开始亲戚一口回绝了，说房子是新房，租出去都给糟蹋了。

但今天不知怎么的，事情突然有了回转。

看完了房子，若不是有前面那套房子珠玉在前，我一定会非常满意。

当我在一旁郁郁寡欢的时候，C 君在信誓旦旦地跟房东太太保证着：“我们一定会好好爱惜房子，绝不糟蹋了它。”

房东太太表示还要再考虑一下，便让我们回去了。

我说：“你不是跟我说别的房子也能烧烤、乘凉、赏雪的吗？这里明明就不行。”

C 君说：“怎么不行？我们可以到楼底下的草坪上烧烤，搬张椅子坐在阳台上乘凉、赏雪。”

我噘着嘴说：“那意思可差多了。”

“陈小撸，搞清楚矛盾的主次，不要捡了芝麻丢了西瓜。你能天天蹲在家里烧烤、赏雪吗？你是要天天去上班的，所以交通问题很重要，这里离你公司近，你随便坐一路车就能到。而且这里门口进出都要刷门禁卡，安全还不错，也省得我天天担心你。别光顾着那些虚无缥缈的东西，关注点实际的东西，好吗？”

“好吧……”

“你是不是想吃烧烤了？”

“是的，想吃烤鸡翅了！”

“一说到吃的就来劲，那你可得乖乖地听话啊。”

“乖，我超乖！”

“那今天就带你去吃烤鸡翅吧！”

·3·

搬家那天，C 君看着我一寝室的箱子，目瞪口呆。

“我已经扔了好多东西啦！”

“我能证明，她好多衣服都甩给我了，因为她穿不下了。”蒙奇奇说。

我给了她一肘子。

C 君疑惑地问：“这里面都装了什么？”

“衣服啊。”

“你为什么会有那么多衣服？我的衣服一个箱子就能装下！”

蒙奇奇说：“因为你是靠才华吃饭的啊，而她又没有，只能靠颜值。”

“封你为真相帝好不好？蒙大帝！”我没好气地说。

C 君摇摇头走出寝室，冲着楼下吼了一声：“王栋，上来！”

一会儿栋哥上来了，他搓着手说：“哟，四年敛了这么些宝贝，收获不小啊！”

我摇了摇头，说：“我这四年就敛了一件宝贝……”

“这件宝贝就是 C 君。”蒙奇奇抢着说。

我又给了她一肘子：“谁让你抢我台词了，你个女配角！”

“闭嘴！干活！”C 君板起微红的面孔说。

· 4 ·

收拾了一天的屋子，累得我够呛，我趴在床上没一会儿就睡着了。

等我醒来时天都黑了，我走出去看见地板锃亮，屋内整齐有序，C 君端出一盘馒头说：“怎么喊都不醒，闻到味儿就醒了？”

我抓起一个，呼呼地倒着手喊烫，掰开一看，我失望地说：“馒头啊？没有馅儿啊？”

“阿姨说柜里的面粉让我们赶紧吃，快过期了，我就蒸了几个馒头，没发好，凑合着吃吧。”

我耷拉着头咬了一口，说：“不好吃！”

“不好吃？白吃馒头还嫌面黑？要不你来？”说着他狠狠咬了一口，说，“快吃！都得给我吃完了！吃不完下顿还吃这个！”

呜呜，我使劲往嘴里塞。

· 5 ·

那天在新家整理衣柜，我突然在箱子的底层发现了一条黑灰白三色相间的不明物体。我扯出来一看，呀！这不是我当年织给 C 君的围巾吗？

我忙不迭地奔出去找 C 君，猛地把围巾往他脖子上一套。

C 君被惊了一跳，他一把扯了下来，皱着眉抚着脖子说：“什么东西，扎死我了！”

我得意扬扬地说：“这可是我当年为了追你织的围巾，当然最后没有送出去，因为我室友死活拦着我，说实在太丑了，送出去你更得烦我了。”

C 君神色冷峻地把围巾抓在手里看了半天，从围巾的经纬线中抽出一个小玩意儿，没好气地说：“你是为了追我，还是为了杀我啊？”

我接过那个小玩意儿一看，一根针。

我疑惑了半天，平白无故的怎么多了根针啊？

当我把那根针取出来，发现后面还带着一股黑线，我就想起来了。因为三种颜色毛线的混织技术我没掌握好，有一截两色接驳处断开了，我便拿线给缝上了。不知怎么的，我缝到一半又搁下了，于是这根针便留在了围巾里。

C 君举起围巾对着灯看了半天，和那些个星罗棋布的窟窿大眼瞪小眼：“的确像你的手艺，还真是难看啊。”

我接了过来，说：“我自己都看不下去，丢了吧。”

说着我便把它随手丢在一边。

过了两天我去 C 君寝室，意外地发现我的那条围巾又出现在他的垃圾桶里。

我说：“你神经病啊，干吗还把它带回到学校来丢？”

C 君看了一眼叹了口气，说：“毕竟都织出来了，我本想着废物利用的，反正冬天围上也看不出好坏来。谁知道下水一搓，全散成一段一段的，彻底成废物了。陈小撸你可长点心吧，追人也不花点心思，弄出这么个残次品是想糊弄谁啊？”

我心怀内疚地说：“欧巴，你要喜欢我再给你织一条……毛背心吧！”

C 君哼了一声，说：“你可拉倒吧，再带上几根针，也不知道是毛衣还是软猬甲了！”

·6·

下楼倒了趟垃圾，我发现一株长了两片叶子的球茎植物正孤单地躺在垃圾桶旁，慧眼识英雄的我赶紧将之提上了楼。

一进门我就喊：“欧巴，快给我找个瓶子，我捡了颗风信子！”

C君走出来，目光定格在我手中的风信子上，缓缓地说：“你刚刚喊它啥？”

我拎着叶子晃了晃，说：“风信子啊。”

他一指头戳我脑门上说：“你个二货，这是颗烂洋葱！赶紧给我扔出去！”

No，No，我才不信！直到我把它切开闻了一下……啊！辣眼睛！

·7·

入夏后，胖了十斤的我很忧伤，狠下心来办了张健身卡。

去了几次，回来后我跟C君说：“我不想去健身房了，我想买台跑步机在家里自己跑。”

C君问：“为什么？”我说：“因为我一运动起来就满脸通红，跟猴子屁股似的，而且满脸油光的，怪没形象的，甭提多难看了，扎在一堆健美的男士里好丢脸。”

C君淡淡地说：“你想多了，健美的男士只会看健美的女士，不会看减肥的女士。”

·8·

在C君的陪同下，我跟别人同城交易一件物品，价值一千八百元。

见了面对方给了我一沓百元大钞，我做出专业老会计的架势数钱，数完我满意地说：“没错，两千整。”然后我很有气势地一扬手对旁边的C君说，“找钱，拿两百给她。”

C君看着我没动。

我瞪了他一眼，说：“快点啊，傻愣着干吗？”

他深深看了我一眼，掏出钱包拿出了两百给我。

一手交钱一手交货，这单交易圆满成功！回去的路上我还巴巴地美着呢，C君突然跟我说：“就你这智商，说69都是高估了你。”

我不满地捶了他一拳，说：“你什么意思啊？”

他说：“你没觉得刚刚那交易有什么问题吗？对方脑子不好使，你还跟着一块儿交相辉映呢，你说你那么傻怎么办啊？我都替你愁得慌。”

我……到底哪儿有问题，我想破了脑袋也没想出来！

·9·

最近在追电视剧《微微一笑很倾城》，看得我心有戚戚焉，不由得勾起了我一段尘封已久的狗血往事。

年少轻狂时我也玩过网游，也在游戏里结过婚，游戏里的老公是一个帮派的盟主。遇到他时我还是个低等级的渣渣，而他已经金光闪闪地骑着大老虎了。

别看我手残技术差，但抱大腿的功力别人拍马难及，我加入了他的盟，天天一起练级打副本、挂机聊天，很快便和他对上了眼。

但这位盟主大人的脾气着实有些古怪。

白天他总是很冷酷，有一次我接到他的消息去B城下副本，那时的我还没学会瞬移技能，只能用腿走着去，而到B城的路途遥远，沿途能秒死我的野怪一个接一个，躲都躲不过来。我走一次死一次，死了十几次我跟他说我实在没办法过去，他只轻描淡写地说了个“好”。我到现在都还记得当时我一遍又一遍地“死”，又一遍遍向B城出发，一路小心翼翼地闪避着怪物，只为到达B城和他一起刷副本，可是怎么也走不到的绝望心情。

可一到晚上，他又像变了个人一样，温柔体贴，连打个副本都怕怪伤到我，还得提前找好安全的地方让我站着蹭经验。

而后来我才知道玩那个号的是两个人，白天是哥哥，晚上是弟弟。

之后哥哥不玩了，号给了弟弟，我们很快便结婚了。婚礼很盛大很热闹，来了好多人列队来贺，我坐在电脑前傻笑了一晚上。

因为实在太懒，不愿意做任务，我升级非常慢，所以每天他都替我上号做日常。我们一起去过游戏里的每一个角落，一起跑过荒草遍野的大陆，一起涉过清浅的小溪，一起传送到圣殿瞻仰主神，一起看过黄昏里空中飘浮的飞絮，一起聆听过古战场宏远的号角声，现在想来还不胜唏嘘呢……

但即便如此，我还是红杏出墙了。

那人是个程序员，比我们都要大上五六岁，是盟里的大脑、军师。背着盟主老公，情窦初开的我和他总有说不完的话。但最终因为游戏里一位女团员的告密，我们的“奸情”东窗事发了。

得知真相的盟主老公很伤心，他一气之下宣布退出游戏，传位副盟主。为了平民愤，副盟主把我们赶出了联盟，好事不出门，坏事传千里，很快整个服务器都知道了我们的事迹。没法再混下去了，我不得不告别了我第一个也是唯一的一个网游，含泪卸载。

哦，对了，我的盟主老公是个无业青年，长相“24K杀马特纯屌丝”。还有我的那个“奸夫”，长相未知，身高高达一米六九！

跟C君说完这件事后，我以为他会哈哈一笑，结果他冷峻地说：“原来你还有红杏出墙的前科啊！”

我急忙解释说：“那是游戏，游戏都是假的！”

他依旧冷峻地说：“因为是假的，所以敢做真实的自我了，对吧？”

咳，我这不搬起石头砸自己的脚吗？

·10·

马无夜草不肥，人无横财不富，最近我想发财有点想疯了。

这几日股市一片暴跌，天台站满了犹豫不决的人们，我隐隐觉得是不是抄底的时机到了？

下午我在办公室研究了半天K线图，还上股票论坛看了一满眼的内幕消息，晚上吃饭时我就豪迈地跟C君宣布我要进军财经界了！我说我看中了一支叫作“兔宝宝”的股票，我想名字这么可爱，它的表现也一定不会让我失望。

说完我便笑嘻嘻地等着C君的吐槽，结果他只是掏出电话并拨通了。他说：“喂，爸，股票不能再拿了，你看着能抛就全抛了吧……我哪有什么内幕消息，不是都这么说的吗？当买菜大娘和陈小撸都入市了，股票就不能玩了……”

但见我入市发财的决心不可挡后，C君考虑了一下，说：“你一点经济常识都不懂，进去纯粹是做慈善事业。这样吧，我给你找个专家，你听听他的意见，先少放点试试水。”

然后他便给我引荐了他金融系念研究生的朋友——蛙君（凸眼），

让我听听他的建议。

蛙君建议我可以买些银行股，他说银行股目前的市盈率奇低，而且所有板块除了银行基本都涨了，怎么也该轮到银行了。

于是从那之后我就每天都关注着银行股，工商银行、招商银行、兴业银行的股票我都轮着看，着急地等待着蛙君入市的指令。

每天我都给他发一条微信，说："今天能进了吗？"他每天都回复我说："再等等。"

我跟C君说："你这朋友靠不靠谱？怎么还不让我进呢？我的钱都捂不住啦！"

C君说："你打算投多少？"

"五、五千。"

"才五千你着什么急？"

"当然着急，再不入这钱我都要花完啦！"

这天银行股领跌，我觉得这绝对不是入市的好时机，但蛙君发出了入市指示，说今天可以下手了。高手操盘可真是扑朔迷离啊，但既然他这么说了，我也只能选择信任他，于是我硬着头皮买了一千股工商银行的股票。

然而截至收盘，我亏了二百五十元。

回家后我气愤地跟C君说："你朋友根本就是个水货啊，还专家呢，几万支股票偏让我买了支领跌的急先锋！"

C君说："前两天是谁说钱捂不住了来着？你自己非削尖了脑袋进去送人头，现在怪人家？"

我讪讪地说："可是他说他最近无往不利啊。"

"他是没跟你说他之前亏到一包涪陵榨菜分三天吃的时候。"

“那你还把他介绍给我！”

“他再差也比你强，股市没有无往不利的，你的钱不亏出去，别人的钱怎么赚进来啊？能量守恒懂不懂？”

然而，第二天情况就不一样了。

一开盘我的股便翻了红，并很快封住了涨停。在大盘哀鸿遍野的情况下，收盘时我居然还盈利了八十五块，感觉距我人生第一桶金的距离又缩短了一大截。

我马上给C君打电话让他帮我约蛙君，我要请他吃一顿好的！

但C君说：“约不了，你之前骂人家是垃圾说人家害人不浅，我都没脸面对人家了。”

我说：“他又不知道我骂他。”

C君淡淡地说：“我已经将你的原话转告他了。”

啊！C君个长舌妇！

一星期后，我短暂的炒股生涯结束了，获利三百九十元。

我跟欧巴说：“哎呀，如果当时我投五万，那就能赚三千九，如果投五十万，那就是三万九……”

C君点点头，说：“嗯，如果你当时投入的是五亿，那就是三千九百万。”

• 11 •

晚上我做了个梦，梦见我妈生病住院了，她的主治医生（三十多岁，脑补是《白色巨塔》里的唐泽寿明）莫名其妙地很喜欢我，因此他爱屋及乌地对我妈格外照拂，忙里偷闲地跟她聊天解闷。

整个梦里我怀着一种既抗拒又甜蜜的矛盾心情在医院里到处游

荡，而男主角直到我醒来都没有露面，我只是从各种路人 NPC 例如病号、护士和我妈的口中侧面得知他对我的喜爱。

醒来后我遗憾得不行，强迫自己赶紧入睡想和医生再续前缘，可惜未能如愿。

第二天我把我的这个梦跟 C 君说了，他若有所思地说："你的梦怎么不是和人结婚就是谈情说爱，可是你好像没有哪怕一次梦见过我，你能解释一下吗？"

我说："这大概是因为我睡眠质量好，进入了深层睡眠，所以梦到的都是记忆深处很遥远的人和事。"

C 君面色冷峻地说："我睡眠质量也不错，也是深层睡眠，可我总能梦到你。虽然梦中你总是以一个蠢货的形象出现，在各种兵荒马乱的时刻拖后腿，不是掉入险境要我去救，就是闹着肚子饿要我孤身犯险给你找吃的。等我找回来时你人还不见了，急得我醒来都想打你一顿！可你竟然在梦里和别人谈情说爱，这个问题你最好解释一下。"

我急忙说："这个我能解释！那是因为我存在你深深的脑海里，你的梦里、你的心里、你的歌声里啊。"

C 君指着门说："滚！"

我笑嘻嘻地说："不滚。"

• 12 •

出门前我化了个精致的妆，觉得还蛮好看的。吃饭的时候我一个劲地对 C 君眨眼，问他："发现我有啥不同了吗？"

他看了我几眼，很笃定地说："嗯，胡子该刮了！"

• 13 •

C 君因为醉心于科研，与外界脱节也不是一天两天了，那天他拿着手机问我“狗带”是啥意思。我震惊了，这个词都已经过气八百年了啊。

我语重心长地跟他说：“欧巴，你幸好有我这样的潮人女朋友啊，你说你没有我怎么办？你都没法和现代人沟通了！”

谁知他极不虚心地说：“我也并不想和你这样的现代人沟通。”

我说：“那我就只能放弃你了，让我们之间的距离越来越远！”

他冷笑一声，道：“咋？你还能上天？”

呃，孺子可教也，这句话是我昨天刚教他的。

• 14 •

年终奖发下来了，回到家我雄赳赳、气昂昂地背着手迈着方步跟C 君说：“欧巴，我有钱啦，我要坐头等舱回家！”

C 君说：“你咋不坐驾驶舱呢？”

我说：“我们买房吧！”

C 君说：“买什么房？茅房？”

我说：“那我赚这么多钱怎么办？都花不出去！”

C 君说：“我觉得这点钱能坚持到你放假回来都是奇迹。”

作为家里的经济支柱却得不到应有的尊重，宝宝不是很开心，当天的碗还是我洗的！

• 15 •

周末和C 君去逛超市，我正在米面区愉快地插绿豆，他过来说：

“走了，不要练铁砂掌了！”

我说：“你也来插插，体验下那种奇妙的感觉！”然后我就拉着他的手往绿豆堆里插。刚插了两下，超市大娘过来了，她扯着嗓子喊：“不买不要在那儿插来插去！还让不让别人买了！”

我一看赶紧假装不认识他的样子，脚底抹油溜了。C君讪讪地把手抽出来，在超市大娘鄙视的目光中，硬着头皮推着车子跟了上来。他一巴掌揍我屁股上，说：“欺负老实人是吧！”

我问：“谁是老实人呀？”

他理直气壮地说：“我！天天被你欺负的老实人！”

这不睁眼说瞎话吗？地球人都知道谁欺负谁！

·16·

那天和C君去游泳，过了一个冬天，我已经胖得快把他压扁了。

C君作为一名在海边长大的孩子，一下池就跟蛟龙入水一般，他能用自由泳的姿势帅气地带出一溜漂亮的水花。我也赶紧跟在后头“吭哧吭哧”地刨水，等我终于快到泳道尽头了，而C君早就靠岸了。他悠闲地靠在池壁边看我，不时地喊一句：“继续游，别停！坚持！”在他的鼓励下我用尽全身气力使劲划啊划，还差三米的时候，C君朝我伸出了手，我奋力划水，呜……终于抓到他的手了，差点累死我了！

C君笑道：“你不是说你会游泳吗？就这两下子也会游泳？这顶多算能浮起来，看着跟只随时要溺水的蛤蟆似的。”

我很气愤，想着怎么挽回面子，最后只好说：“干吗说人家是蛤蟆！我游的是蛙泳，顶不济也是溺水的……青蛙啊！”

• 17 •

天气热，C 君一进门就抓起桌上的杯子走进厨房说：“给我倒杯水，渴死了。”

我贤惠地端起电水壶就往杯里倒，谁知水壶盖没扣紧，一大股水从壶盖处涌出，小部分进了杯子，大部分倒在了他的手上、衣服上和脚上……

我们相对无语了两秒，他把小半杯水一饮而尽，掸了掸手上的水说：“谢谢你啊，没给我倒壶开水。”

我猥琐地嘿嘿一笑，说：“别客气。”

他突然变脸，猛喝一声说：“拿拖把去！你个吃嘛嘛香，干啥啥不成的二货！”

我便夹着尾巴滚去拿拖把了。

• 18 •

我在豆瓣上写了个帖子，后来转战到了微博，成了一名秀恩爱的博主，这事叫 C 君知道了。

他很愤怒地说：“你是不是忘了刚交往的时候我跟你说过什么？我说了不准高调不准高调，你当时还信誓旦旦地起誓来着！”

我不以为然地说：“知道什么叫穷生奸计、富涨良心吗？那些誓言都是权宜之计，都是随口胡诌的，不过是为了请君入瓮编织的谎言，你还真当真啊？反正现在也不能退货了，你就凑合着使吧！”

“你！”

“欧巴你不知道，微博上好多网友喜欢你，我一万名粉丝中顶多有五千是粉我的，但一万都是粉你的！每条微博下都有人跟你表白。”

“是……是吗？”C君表情极不自然地看着我的手机说，“那她们都怎么说的？你弄出来我看看。”

• 19 •

一早C君看了看手机，说：“哟，今天5月20日啊。”

还没等我惊讶完，他接着说：“该交房租了。”

• 20 •

C君有一个非常坏的毛病，我给他发微信，他要隔一个世纪才给我回。问他早餐吃啥，他回的肯定是“午餐”。

但若换作是他给我发信息，一旦我十分钟内没回，他的电话就要来了，他还要语带不满地问我：“这么久不回话干吗去了？”

我说：“你这不是马克思牌手电筒——光照别人吗？”

结果人家说：“你知道我不怎么看手机，也没工夫看，但你一手机不离身的人，不回信息就有问题了，我不得确定你还活着吗？”

好像又无法反驳的样子。

• 21 •

那天C君惹我生气，我眼一翻嘴一鼓，说：“我要和你离婚！这次是真的！我回我的水帘洞，你回你的高老庄！”

他认真地说：“错了，是我回我的水帘洞，你回你的高老庄！”

然后我们就谁回水帘洞谁回高老庄的问题从床头打到了床尾。

但最后，我们还是决定一块儿去西天取经了。

C. 柴米油盐酱醋茶

· 1 ·

那天和C君还有栋哥下饭馆，我专心致志地很快吃完了自己的饭，然后把空碗往C君脸前一放，说："欧巴，你吃得了不？吃不了给我拨点。"

C君抬起头深深地看了我一眼，把饭拨了一半给我。

栋哥感慨道："我只见过女的吃不完让男友帮着吃的，还真没见过要从男友碗里拨饭的。"

C君说："而且还是她胃口欠奉的情况下，愁人。"

· 2 ·

我用烤箱烤了个面包，还是老问题，酵母像跟我有仇似的，就是发不起来。好在面包没啥怪味，能吃。我掰了点给C君品尝，他给出了对我厨艺水平的最高评价："说真的，你做的东西除了难吃，找不出别的缺点了。"

· 3 ·

我站在厨房门口看着C君把一把菜丢进烧滚的油里，油锅"呲啦"一声像要炸开，但他从容不迫地抄起铲子开始翻炒。我踱步上前倚在灶边深沉地说："很好，少年，你认真建设社会主义的样子已经成功吸引了我。"

深沉没装完，一油星子就溅我脸上了。我尖叫着跑出去，C君不停地翻着铲子说："你再捣乱让你吃不成社会主义大锅饭！"

·4·

每次吃完饭商议谁洗碗是一件很苦恼的事。

C 君洗了几次不干了，我洗了几次也想罢工。后来他提议说猜拳，三局两胜谁输谁洗，愿赌服输，公平合理。

于是……我不仅是拖地工，还成了一名光荣的洗碗工！

但幸亏我智商高啊，我赢不了难道还输不了吗？我机智地改了规则：三局两胜谁赢谁洗！

嘿，你猜怎么着？我成功卫冕了我洗碗工的“宝座”……

真是邪了，他是怎么做到能操纵输赢的？我缠着他问秘诀，他说真的没有秘诀，就是拼人品。我不信我人品那么次，直到那天出去吃饭要了一沓发票，我拿着筷子头在那儿狠刮中奖区，一张张全是“协税光荣”，C 君要了一张过去随便那么一刮，居然中了十元，我信了。

·5·

中午墩工肚子饿了，在厨房里忙活着洗菜，C 君进厨房转了一圈，说：“哎？最近你怎么不整面包了？”

我眼睛一亮，说：“你想吃吗？那我一会儿就做一个！”

C 君急忙摆手，说：“不不不，我就是问问，丝毫没有想吃的意思，你知道我不爱吃那些乱七八糟的东西。”

·6·

吃完饭回来我心满意足地倒在沙发上，边玩手机边哼哼唧唧地唱着自然卷的一首歌。

“像我这样的女孩，你不能随便爱，书读得不多，想法特别多，每天都要喝养乐多，朋友都爱我，男朋友更疼我，为什么只能交一个。”

唱了几遍旁边的C君突然冒出一句话：“那么你想交几个？”

·7·

肚子饿了，我敦促C君快去做饭，C君说：“急什么，你先把菜洗好切好了再喊我。”

我一边洗一边觉得我未免也太亏了吧，洗菜、切菜工作量多大啊！比他炒那两下要累多了！于是我跑出来跟他抗议，然后C君说：“厨房里大厨负责掌勺，徒弟负责切墩儿，这都是约定俗成的规矩，难道你就只干搬砖的活儿，还想享受专家的待遇吗？”

·8·

一不留神我又感冒发烧了，我请了一天假在家休养。听见C君进门来了，我赶紧收起手机掖好被子做虚弱状。

他走到床边探了探我的额头，问我想吃啥。我说我最近觉得身体有点缺鱼了。

他白了我一眼，说：“生病了食欲还是挺好的嘛。”

于是中午我吃到了鲫鱼豆腐汤。

晚上他给我打电话，说：“晚上我就不过去了啊。”

我一听就急了，说：“你不来我怎么办？”

他哼了一声，说：“等着我把屎把尿啊？生个小病生活都不能自理了是吧？”

我说：“是的。”

他又哼了一声，说："晚上想吃啥？身体还缺鱼吗？"

我说："缺，还缺一条清蒸的鱼。"

C君骂了我一句把电话挂了，挂电话的瞬间我听见有超市的扩音喇叭在喊："010促销员请到生鲜冷冻区，010促销员请到生鲜冷冻区……"

过了没多久，C君提着条鱼回来了。

我想如果当时他说"不过来了"，我说"好的"，那他一定是打算把那条鱼拎回寝室养着。

·9·

我真是个贤惠的女友，有啥好东西总想着C君。

前些天中午食堂做的棋子烧饼特好吃，临走我多拿了两块，拍了照给C君发过去了，说："我给你带了两块好吃的饼。"

前两天枣糕又特好吃，我又拿了几块，跟C君说："我给你带了几块糕。"

昨天欧巴翻了翻微信说："哎？你不是说给我带了饼和糕的吗？饼呢？糕呢？"

饼……糕……我要怎么跟他说我是真心想带给他吃的，但每天下午三四点的时候我的肚子会非常饿，所以……

·10·

晚上C君做了道蛤蜊蒸蛋。他拿筷子戳了戳蛋体，说："糟了，蛋蒸老了。"

我凑上去看了一眼，说："看着挺嫩的呀。"

端上桌他吃了一口就开始皱眉：“老掉牙了，真不好吃，你觉得呢？”

我猛往嘴里扒饭，说：“好吃，好吃呀！”

C 君若有所思地说：“感觉给你蒸坨狗屎你都会说好吃。”

• 11 •

我说：“我发现我拥有一项特殊技能，你知道是啥吗？”

他说：“不知道。”

我说：“你想知道吗？”

他说：“不想，我估摸着不是啥正经事。”

我没理他，自顾自地说：“我这项特殊技能就是，在明明已经吃得很饱了的情况下，我还能吃！”

C 君看了我一眼，说：“你真励志。”

• 12 •

那天我躺在 C 君的腿上玩手机，突发奇想地跟他说：“时间真的是爱情的杀手吗？我好像觉得自己都没有当初那么喜欢你了呢。”

C 君半躺在沙发上拿着台 iPad 压根没理我，我也继续玩着手机，彼此不说话也岁月静好的感觉。

后来生物钟准时响起，我兴高采烈地跳起来说：“欧巴，肚肚饿了，走啊，做饭饭去！”

C 君拿着 iPad 挡住脸，纹丝不动。

于是我又重复了一遍：“欧巴，肚肚饿了，走啊，做饭饭去！”

结果他放下 iPad 看了我一眼，绝情地吐出了两个字：“不——做。”

晴天霹雳！

我问他："为什么啊？"

他慵懒地伸了个懒腰，打了个哈欠，说："我为什么要为一个不喜欢我的人做饭？要不中午你就自己泡个面吃吧。"

噢，不！我急忙说："我还是喜欢你的啊，我的意思只是喜欢的程度不如刚刚在一起时那般强烈罢了。"

他又打了个哈欠说："我为什么要为一个不强烈喜欢我的人做饭？"

啊！我马上痛哭着扑倒在他裤脚边，说："欧巴我错了，我还是特别强烈地喜欢你的，比刚在一起的时候更甚！"

他这才慢吞吞地支起身子，说："确定是强烈吗？"

"确定！"

"那我给你的泡面里放根火腿肠，再加个鸡蛋，以观后效吧。"

我以后再也不嘴欠了……

• 13 •

我发了一场高烧，两天基本粒米未进，浑身黏糊糊地在床上躺尸。

C君给我叫了外卖，我吃不下；他叫了比萨，我不想吃；他还专门买了我最爱的小面包，我啃了两口就放下了。

C君若有所思地说："陈小撸一不吃饭，这问题可就大了……"

我说："啥问题啊？"

他怜惜地说："这说明小胖子真的是病了。"

· 14 ·

总让 C 君下厨做饭给我吃，我有点过意不去。

有一天我跟他信誓旦旦地说要亲自下厨做个炒饭。于是我把蛋打好，葱切好，油锅热好。我正准备下葱花，哪知手一滑，连葱花带碗整个掉进锅里了！一声巨响后顿时热油四溅，我跟坐了窜天猴似的吱哇乱叫着跑出了厨房。

C 君闻声赶来看见碗在锅里，他大吼一声："你在干什么啊？！"

我说："我……我在戗锅！"

他徒手从热油喷泉里捡出了碗，怒道："你这什么菜系啊，用碗戗锅？你可真不让人省心啊！"

后来又有一天，我突然信心爆棚地打算自己熬锅红豆沙，包豆沙包吃。

后来……我连锅带豆都扔了……

C 君对此表示见怪不怪，他说："你，陈小撸，熬豆沙，包豆沙包。嗯，真是人有多大胆，地有多高产啊……"

· 15 ·

我特别爱吃节令食品，月饼、汤圆、粽子无一不是我的心头好。

眼看中秋节到了，我满心欢喜地买了我最爱吃的香港 ×× 牌的莲蓉双黄月饼。带回家后我就把月饼盒藏在橱柜最里面。可早上起床时我发现那盒月饼赫然摆在饭桌上，吓了我一大跳！我赶紧打开来看，还好，月饼还在。

C 君看了我一眼，说："你怎么把月饼塞那里了？防谁呢？"

我"嘿嘿"地笑，说："防我自己！我放深点，拿起来麻烦，以免我一下子吃光了！”

C君说：“哦，我还以为你那么没人性，为了防我呢。”

唔，一头汗！

•16•

又到了端午节。

早上C君起床煮好了粽子，喊我起床吃。我一听有吃的就醒了，洗漱完毕我急忙去剥粽子，但刚剥开一个角我就觉得不对了，白色的！糯米是白色的！我把粽子剖开，居然是小枣馅儿的！我大喊一声：“我的蛋黄肉粽呢？”

C君闻声走过来，说：“哦，下锅的时候忘了看线是什么颜色了，我就随机吃了一个……有蛋黄的。”

我又委屈又生气，昨晚我就在想今早上要吃蛋黄肉粽了！我把还没完全剥开的粽子一股脑地丢垃圾桶里了，大嚷道：“你吃吧，你吃吧，全给你吃！我这辈子都不吃粽子了！”然后我飞奔回卧室扑到床上。

C君走进来说：“不就一个粽子，你至于吗？我再给你煮一个不就完了吗？”

我使劲拍打床板说：“我不要！我不吃！全给你吃！”

他啧啧地说：“就吃你一个粽子，瞧你这没出息样，你不吃我把你那一抽屉粽子全扔了！”说完他就走出去了。

我竖着耳朵听着他走到客厅，开了冰箱，拉开冷冻那层的抽屉。我急忙跳下床跑到客厅，看他关上了冰箱门，手里还拿了个粽子，蛋黄肉馅儿的。

• 17 •

最近C君表现得太不好了，他越来越懒，老不想给我做饭，我洗菜、切菜都没喊累，他上来颠两勺还总想着罢工。每次一进市场，路过卖饼的铺子他就说："中午 / 晚上我想买张大饼卷猪头肉 / 酱牛肉 / 火腿（三选一），你呢？你不是爱吃烧饼吗？给你煎个蛋切片黄瓜夹着吃？你爱抹牛肉酱抹牛肉酱，爱抹蘑菇酱抹蘑菇酱，如何？"

瞧！他整天就想着拿这么粗鄙的食物敷衍我！但每次我都抵抗不了烧饼夹蛋的诱惑，再还价要两个煎蛋就答应了。

昨天他敷衍了我，今天他觉得过意不去，进市场发现有卖片好的鱼片和酸菜鱼料包的，于是他买了鱼片、酸菜鱼料包外加一块豆腐，一块煮了满满一锅酸菜鱼，简单又好吃。吃完我们浑身热乎乎地往沙发上一躺，简直舒坦！

我们已经好久没去饭馆吃饭了，因为我们成了"菜市场美食家"，我和他清楚地知道哪家饼铺的烧饼酥，哪家卤味店的酱货好，每次都在一家中年男人的档口买菜……

嗯，这就是我们现在的生活，带着烟火的气息。

D. 生活这点小事

• 1 •

部门领导结婚，我忍着心头滴血给他随了一份"1314元"的大礼！我觉得他估计会感动得痛哭流涕吧！

当然其中有一千元是C君赞助的，因为他听我说只准备给两百块，便教育我说："这样不好，到底是你领导，人家给一千你给两百，这摆明了不拿人当回事。再说无论现在给多少，将来结婚是可以收回来的啊，你个笨蛋。"

我一听顿时茅塞顿开了！对哦！等我结婚，他肯定会给我更多的啊！枉我老在C君面前自称"社会你撸姐"，到底还是欧巴老司机！

•2•

白天我外出办事了，中午回到办公室被告知部门要出年会节目，大家已经替我报名了。

我一听快吓尿了！

同事说："余工也报名了。"

于是我赶紧找到余工，问他打算表演什么节目。

余工胸有成竹地说："我打算为我俩量身定制个小品！"

我哭笑不得地说："是表演愚公移山吗？"

余工你为何如此有才华？安安静静对唱一首《雪染的风采》不好吗，少女怎么能演小品啊！

•3•

大中午的X总就喝多了，他走进办公室作惊异状大喊："哇，这都几点了？还在加班呢！下班不积极，思想有问题，搞对象的搞对象，接孩子的接孩子，都走吧！"

我领导跟在他后头冲我们"嘘"了一声，示意大家不要理他。

等他安顿好X总后，我跑去问他："要搞对象的是真的可以走了吗？”领导看了我一眼，说：“还没喝你就高了是吗？ ”

·4·

公司一男同事每天上班进门就冲屋里的人大喊一声“古德猫啊”作为早晨问候，我顺口接了句：“你怎么天天鼓捣猫啊，也鼓捣鼓捣狗。”

还有一次，我的主管领导问我一件事的难易程度，我回答他：“就是向内翻腾六周半加转体六周半抱膝、难度系数8.1的难度，还是三米板……”现在大家都叫我女版郭德纲了，人生惨淡。

·5·

天气渐凉，C君叫我起床的方式更简单粗暴了。他常常是二话不说就把我的被子一掀，整个抱走，然后抱着被子站在一边冷眼旁观，看我懵懵懂懂跟熊瞎子似的到处摸被子。

一开始发现被子被拿走了我真的好气，忍不住要跳起来爆捶他一顿。但次数多了我都懒得理他了，干脆忍辱负重地蜷成一团继续睡。他看我没动静，就会放弃叫我起床继而把被子又给我盖好了。

但那天我忍了快两分钟被子都没回来！冻得我团成了一个球。

但更气的是，C君还幸灾乐祸地说：“哟，锻炼出来了，逆境中生存的能力越来越强了嘛。”

·6·

供暖前的夜晚可真痛苦，我用棉被把自己裹成茧都暖不起来啊！C君给我焐了半天手和脚，但回到自己被子里后，我的手脚一会儿就凉了。他把手伸进来摸了一下我的手说："小爪子怎么又凉了，再盖条毯子压着点吧。"

说着他就光着身子到隔壁屋里拿了条毯子给我盖上并掖得跟木乃伊似的，我感受了一下欢呼道："真的暖多啦！欧巴你快进被窝来，别凉着了！"

他嘟囔着说："我是宁愿自己感冒也别让你感冒了，我懒得伺候你，没病还天天在那儿装呢，真要病了可烦死个人了。"

好啦好啦，知道你爱我了，下一个。

·7·

有人问和男友之间的相处之道，怎么说呢，因材施教吧。

C 君是头傲娇的狮子，我就得时不时地跟他表忠心、拍马屁、告诉他他有多重要，但有时一不小心也会拍到马蹄上。

晚上是跟 C 君汇报一天思想动态的时候，我老实巴交地跟他说："单位前阵子来了个新男同事，长得不帅，还挺腼腆，不爱说话。按说这样的人我都不爱搭理的，但我某天突然知道他也是青岛的，那就不一样了，因为他是欧巴你老乡，我得爱屋及乌啊，所以今天吃饭的时候我主动跟他坐一块儿说话了。

C 君一听不是很高兴，说："青岛怎么了？青岛的你就跟他说话？你记住了，青岛傻子比哪儿也不少！"

哦，好吧。跟生起气来连自己都骂的人没法争。

·8·

天气这么凉了，我还在纠结要不要穿秋裤。

C君说："这种天不穿秋裤不是找死吗？"

我说："穿秋裤显得腿粗！"

他看了一眼，说："不会啊，不穿也挺粗。"

然后我就坦然地穿上了秋裤。

纠结的人生果然需要C君这样的人生导师来时刻警醒。

·9·

并排坐着的时候我发现C君的腿比我还细，好生气！我大把大把地揪起腿上的肉往他腿上扔，一边扔一边气愤地喊："去吧皮卡丘，去吧！滚离本姑娘的腿！去你该去的地方！去吧皮卡丘！"

C君躺在沙发上一边忙着换台，一边啧啧地摇头说："这小胖子，别是疯了吧？"

我马上严正地反驳道："不准叫我胖子！我离真正的胖子还差了十万八千里！我现在顶多算是珠圆玉润，很可爱的那种，懂吗？"

他说："懂了，小猪崽子。"

·10·

早上刚十点，C君就把扫地机器人放卧室里乱转，试图吵醒我，我真要气炸了！等机器人转出去了，我跳起来把卧室门"砰"地关上并反锁了！

C君闻声过来拍门，说："陈小撸你是三天不打上房揭瓦吗？开门！"

但任凭他说啥我都不理会，自顾自地躺在床上玩手机。

玩了一会儿我突然听到外头"吱"的一声开门声，然后是"砰"

的一声。我支着耳朵听了半天，仿佛没了动静，便下床开门跑了出去。沿路经过书房，我没看见人，客厅里也没人。啊，C君肯定是生我的气离家出走了！

我愤怒地冲到大门口骂道："走就走，谁稀罕你个王八蛋！"

话还没说完，C君突然从厨房里探出个头，他手上还抓了根葱，没好气地说："你骂谁呢？！"

· 11 ·

家里共有四只碗，被我摔了两只，还剩两只，一只粉的，一只蓝的。平时我俩默认我用粉的，C君用蓝的。但最近只要是他舀饭，他总是自己用粉碗，给我蓝碗。我问他干吗用我的碗，他很嫌弃地说："有吃的你就吃吧，什么粉的、蓝的穷讲究！"

然后下次舀饭他依旧把粉碗留给自己。我嘲笑他说："承认吧！你就是想用粉碗的小公主！"

C君忍无可忍地把粉碗伸到我眼前，说："没看见这碗沿磕了个口吗？我怕你吃饭狼吞虎咽的再把嘴划了！"

啊，原来如此，C君也太爱我了吧！

· 12 ·

C君现在动不动就要和我划分界限，炒菜让他少油少盐清淡点吧，他说："你们减肥界的咋那么多事，没滋没味的怎么吃？我这秋膘没贴上，腰带都松了一个眼了！"

C君没事喜欢逛导购网站，看到我常买的某防脱发洗发水"双十一"又在做促销，他问我买不买。当时我正在洗澡，就说："你下单吧。”

C君说：“你出来自己看看适不适合再说。”

我说：“有啥适不适合的，你看能防脱发就行。”

他一本正经地说：“我看不好，我又不是你们脱发界的。”

好啦好啦，知道你身材苗条、头发浓密啦，你个臭“屌丝界”的！

• 13 •

这两天C君惹我生气了，我决定和他离婚，目前正在分居中。我还给他发微信说“快来收拾你的东西滚蛋吧”，然而他并没搭理我。

晚上回了家，我一边吃着外卖一边看电视剧，正美着呢，谁知道突然停电了！我鬼哭狼嚎地抓起电话拨给C君，跟他说不知道怎么回事停电了，别人家都没停啊！

C君说：“还能是怎么回事，电卡欠费了啊！”

我问他：“那咋办啊？”

C君说：“咋办？缴费啊！等会儿我给你缴，你过五分钟去电表那里插下卡试试。”说着，他就挂了电话，留我独自一人在漆黑的房间里颤抖。

过了五分钟我去插了插卡，果真来电了。我赶紧给C君打电话，甜甜地说：“欧巴，已经来电啦！”

C君哼了一声，说：“我就最后帮你一下！反正我都要滚蛋了。”

我马上大声地反对说：“什么滚蛋啦？我们又复婚了，我超级想你的！”

· 14 ·

人真的不能光看表面，别看我平时说话做人似乎像火一般热情，而C君则是冰一般高冷，实则相反。

现实生活中，C君就是个不折不扣的“居委会大妈”，而据他分析，我戾气太重，有潜在的反社会人格，这表现在我动辄就爱说“信不信我和你同归于尽”“再惹我我背起炸药包就去炸 ××，让你看看我的厉害”。然后C君会给我竖个大拇指，阴阳怪气地说：“行，你是能干大事的。”

像前两天走在路上，前面一人的一兜橘子滚了一地，我顶多躲着不踩烂已经很棒了，而C君说时迟那时快，一个箭步斜刺里冲出埋头就捡，还问我傻站着干吗。我只能翻着白眼呆滞着瞪天说：“我裤子紧，蹲下来会裂。”哦，他还捡起过老太太掉下来的一根大葱，获得了胸前红领巾更鲜艳的成就。

可我觉得人啊，情绪终究是能量守恒的，我的热情已经全消耗在了C君身上，就再没能量搭理别的不相干的人了。而C君正好相反，他把他的热情倾注在那些跟他八竿子打不着的人身上，可想而知他并没有拿百分之百的真心对我呀！

生气！

· 15 ·

下午被领导临时喊去开会，开了快两个小时，我还没带手机。回到办公室同事就跟我说：“下午你男朋友一直在给你打电话啊，打了得有五六次，五分钟一次，我看打得那么急就帮你接了。”

我一听急忙问：“他怎么说？”

同事说："他没说具体事，就是让你开完会给他回个电话，你快给他回一个吧！"

啊！C君是不是出什么事了？是不是被车撞了？想想都要哭出来，我急急忙忙给他回电话，问他怎么了。

结果他淡淡地说："哦，没事，就是想看看你在干吗，干吗不接我电话。"

你奶奶个腿的！害我那么着急！

• 16 •

自从我有了男朋友后，我就不过什么圣诞节、中秋节、元宵节了，我现在一年到头就俩节，和C君在一起过情人节，不和C君在一起过光棍节。

这一周C君很忙，我就乖乖地在家里蹲着，今天我本想和朋友出去逛街吃饭来着，但C君说最近国际形势不稳，人多的地方容易出乱子，最好别出门。他还说如果我老老实实地在家里待着，他会给我好处。

不过对于他的好处我已经完全不抱希望了，上次他诱骗我起床也说要给我一个好处来着，结果好处就是他打开电脑说："你随便找部你爱看的剧吧，我陪你看，一集！"

简直感动中国！

• 17 •

跨年是在C君的寝室跨的，躺在他"嘎吱嘎吱"的床上，种种往事涌上心头，我俩促膝谈心，难得C君也说了不少心里话。

他说他当初决定和我在一起并不是一拍脑袋就定了的，在那之前他翻来覆去地想了很多，痛苦地权衡着这其中的利弊。

一是他怕麻烦，他说他看我来他寝室当田螺姑娘干活时的那两下子，就知道我平时肯定是个好吃懒做、娇生惯养的。比如我扫地灰尽往床底看不见的地方捅，擦个桌子就把面上的擦了，但凡有点东西占着了都懒得挪开擦擦（他居然暗中观察得这么细）。他说他最怕小公主型的，相处起来累心；

二是我马上就要毕业了，天知道我毕业后干吗去，谈两个月就散，何必多此一举呢；

三是他不知道我为什么那么痴迷于他，主动追他的人也有，但都是被婉拒了就算了的。但我跟打不死的小强似的，搞得他心里有些没底，担心我这热情来得快去得也快，以后新鲜劲过了，我会不会就把他甩了？那也太没面子了；

四是当时有另一个学妹在追他，还是他老乡，论生活习惯什么的，她肯定更合适，人家也不是小公主型的；

想想这四条我没一条占优势的，但最后是什么说服了他选择小公主呢？我猜那就只能是……爱了，真爱。

• 18 •

这几天我在C君寝室住上瘾了，两人天天挤一张床好温馨的说，我都不愿意回去了。但C君很烦恼，一早起来他就抱怨：“晚上被你挤得都快掉床底下了！今天回你自己的狗窝去吧！”

然后我今天下班就回家了。快六点的时候C君给我打电话问我到哪儿了，我说我快到家了。他一听怒道：“不过来你不提前跟我说一声？我还傻等着你吃饭呢你个混账！”

咋这么难伺候？不是你让我回自己狗窝的吗？

• 19 •

周末C君答应陪我打羽毛球，我正兴冲冲地准备大战三百回合呢，结果第一个扣球就把脚踝崴了。他还挺高兴，说终于不用陪我大战三百回合了。

敢情和我打球就是对他的折磨，我说：“我可是在单位羽毛球双打比赛上拿过第三名呢！”

C君说：“那你搭档挺厉害啊。”

我说：“他单打第一名！”

他问：“那他为什么不思进取地和你搭档？”

我说：“因为我说我羽毛球打得不错。”

C君“呵呵”地笑着说：“就你现在的水平跟初中时的我打，你都没有一点赢面。知道我为啥不乐意跟你打了吗？”

我当然知道，我又不是没被虐过，但我就是愿意看他无可奈何又不得不和我一块儿建设社会主义的模样！

• 20 •

我跟C君说：“单位新来了个实习生，第一天上班开了一辆奥迪A6，同事跟她说她这样有点高调，结果第二天人家就换了，换了辆卡宴。她天真无邪地以为有些人不认识保时捷，会以为那是长城，哼！”

欧巴说：“你哼啥？又惹着你了？”

我愤愤不平地说：“人家一个实习生都开卡宴噢，而我还在走路！都被比下去了！一点都不符合我小公主的身份！”

“又来了。”欧巴起身走开。

我赶紧跟上去贴着他的背做附身状，说：“欧巴，我也要买卡宴。”

C君说：“你拿啥买？卖十个肾够吗？”

我说：“我的钱在我妈那儿，我妈说了我家钱都留给我，一分钱都不给我哥哦（我妈每次骂他的时候都这么说）。”

C君说：“那我的钱还在我爸那儿呢。”

我说：“那我们快买吧！”

C君说：“好，买！”说着他从裤兜里掏出十块钱递给我，“你看找回的钱够的话帮我捎个煎饼上来。”

这样的欧巴还能留着过年吗？

• 21 •

过年C君跟我回重庆，见了我爸我妈，还有我哥——陈罐西（因为爱好摄影，因此得名）。

闲着没事，我们下午和一帮表亲们搓了几把麻将。为了照顾不太会打麻将的C君，我们开始打的是推倒和。作为“麻神”的罐西哥变身“炮王”，他拱手相让一直在放水，让C君着实赢了不少。老实巴交的C君觉得很不好意思，要把钱还给罐西哥，但我果断阻止了他，说：“你要这么做简直就是瞧不起罐西哥！”

后来换我上场了，我打血拼到底。可我水平本来就臭，手气还不好，罐西也不给我点炮了，钱就哗啦啦地飞回他口袋了。

最后一把我还被查了花猪，眼看要倒贴钱了，我推桌踢凳地说“我不玩了”。

罐西哥在旁边煽风点火地说：“你不玩了钱还是要给噻。”

我马上使出浑元霹雳手把牌全搅了，怒道：“给你个猪！我没有钱！”

罐西哥就跟C君说：“牌品即人品，这就是个无赖，你得注意看清楚她的真面目啊！”

我打死你个陈罐西！

• 22 •

这几天我在家作威作福的，C君估计已经按压了好多次想揍我的冲动了，谁让他给自己定的人设是和蔼可亲、温文尔雅呢。

我爸妈都说他脾气太好了，罐西哥还倾囊相授，说：“她吃硬不吃软，关键时刻得雄起，不能给她好脸，不然会被她吃得死死的。”

C君微笑，并感谢他的经验。

• 23 •

那天罐西哥拿着我的手机耍，点进了我的相册，然后他发出了疑问：“你为什么存那么多猴子的照片？”

C君说：“我曾经也有过这样的疑问，她说猴年要多看猴子运气才好。”

罐西哥说：“她就是个神经病。”

罐西哥还跟C君讲了个我小时候的故事，他说：“以前她做了个梦，梦见在树丛里捡了只熊猫，然后她就天天往树丛里钻。结果她熊猫没找到，倒是踩了一脚屎，回家还让我给她洗鞋。”

我完全不记得这事了，忙问他：“那你帮我洗了吗？”

罐西哥说："我拿水管子给你冲了好久！现在想想，我还真帮你洗了，简直有病！"

C君"呵呵"地笑了一声，随机加入了控诉团："类似的事她现在也在做，这可以说是擦屁股专业户的更新换代了。"

• 24 •

过年回家的时候，我让C君加入了我们家族的一个小群抢红包，群里都是同辈，刚加进去的时候，大家纷纷起哄让新成员发红包。

C君就捏着手机过来问我："你说我发多少合适？我数了一下，群里有十八个人，一人二十的话……"

我一把夺过他的手机，说："你是傻子吗？我让你加群是抢红包，不是发红包的！发个几块钱让他们一人抢五毛意思意思就好了，还一人二十！想得美哦！"

说着我便帮他发了个五元的红包。

C君拿过手机没说啥。

过了一会儿，微信突然又噼里啪啦地响起来，我知道红包又来了，急忙抢了一个。我打开一看，哇！十二块巨款啊！我还以为是罐西哥或我大表哥发的，结果再仔细一看，我气得鼻子都歪了，是C君发的！

红包后面还写了一句划清界限的话："刚刚那五块不是我发的，是陈小撸发的。"

你说这个人是不是傻的？

• 25 •

C君从重庆回来后便回了趟青岛，但情人节那天他赶回来了，电话里他告诉我还给我带了份礼物。我一听高兴坏了呀，下班后匆匆赶回家，看到了迎接我的情人节礼物——俩脸盆大的馒头！

2 / 14
Dear GuXiaoYu,

当时我的心是拔凉拔凉的。真不明白别人情人节都是收玫瑰花、巧克力，咋到我这儿就成了两个大馒头呢？

我气不过，抄起馒头打C君的头，他还觉得挺无辜，说：“明明上次你说这个馒头好吃，还跟我抢来着。这次我就特地让人家给我独家定制了两个大的，想让你一次吃个够！你不知道其中一个还特地给你加了枣泥馅儿呢！要不是那家馒头店我从小吃到大都熟了，人家根本不可能给我做的，人家生意好得很呢。”

哦哦，独家定制的大馒头，还加了馅儿，我感动得都哭了！

当我准备掰开馒头的时候，我不切实际地幻想了那么一秒钟：里面会不会藏着一枚戒指？但很快我就把自己打醒了，C君根本不是这样的人。

但我还是问他了：“这馒头里头除了枣泥还有别的吗？类似戒指之类的？”

然后C君说了：“你傻啊？要送戒指也不可能放馒头里啊，你吃东西狼吞虎咽的，一口吞肚里咋办？再说馒头从和面发酵到上锅蒸，我还能一直蹲灶边盯着啊？再把馒头从青岛带到这边，掰开一看戒指没了，我找谁去？”

哦哦，好有道理，思维这么缜密的一个人，情人节就送了俩大馒头，我还得夸他大智若愚呢！

• 26 •

最近流行共享单车，下班时我在楼下扫了辆车，准备骑回家去。

这一路上我使劲地蹬啊蹬，骑了大概一公里已经累得快虚脱了。我心想这破车咋这么难骑啊？我咋这么缺乏锻炼啊？不行，我得坚持！我咬着牙又骑了两公里，那个汗如雨下啊。

后来有个同样骑共享单车的男生骑得飞快，很快就超越了我。他扭头冲我喊了一句：“还骑啊？你单车后胎都没气了！”

哈？我赶紧跳下车捏了捏轮胎，这不仅是后胎没气啊，前胎也没气了！

我实在骑不动了，只好把车丢在路边，招手打了辆车。

回家我跟C君说了我的悲惨遭遇，他说：“你这二货，那么难骑就别骑了啊，还骑了这么久，我也是服你了。”

我说：“我哪知道骑不动是因为车胎没气了啊！”

他说：“车骑不动除了车胎没气还能因为啥？”

我说：“可是为什么车胎没气会骑不动呀？”

他说：“因为车胎扁了与地面摩擦力就大了，这么简单的初中物理知识你都不懂吗？一点生活常识都没有，你以后人生可艰难了！”

我赶紧把脸贴上C君的胸脯，仰着脸说：“我的人生才不艰难，不是有你吗？”

C君想了一会儿，说：“也是，你的人生一点都不艰难，艰难的是我的人生！”

• 27 •

那天早上我醒来看了看手机，七点半了，我一下子惊醒过来，怎么闹铃没响？我要迟到了！

我挣扎着滚下床开始刷牙，其间C君走进洗手间看到我，脸上闪过了一丝惊诧。但他也没说什么，默默地走开了。

等我把刷牙、洗脸、搽护肤品、穿衣服这一系列事情做完，走到玄关处套上了鞋，又冲着里屋喊了一声："欧巴，我走啦！"

他这才从房间里探出个头问我："那个……你走哪儿去？"

我说："上班啊。"

他说："今天不是周日吗？"

我突然好似醍醐灌顶，这才想起周五我请了一天假，本是可以连睡三天的！

我气愤地大喊道："那你怎么不早提醒我啊！就看着我急急忙忙地准备了一早上！"

C 君说："早提醒你你又回到床上继续睡了，我正想着怎么把你弄起来呢，你自己自投罗网来了，我何乐而不为？既然都收拾好了，那不如跟我一块儿去市场买点菜吧。"

啊，C 君这个心机鬼！

• 28 •

下午听到门外走廊里挺喧闹的，于是"居委会主任"C 君开门视察情况去了。过了会儿他回来跟我说："隔壁那对夫妻把房子卖了，又新入住了一对夫妻。也不知道前面那对夫妻发生了什么事，刚装修好的房子就这么卖了。"

我说："你管那么多闲事干吗？楼上楼下就没你不认识的，你是要竞选楼长吗？"

而他一本正经地说："我也不是天天都回来，就你一女孩儿在家，我不得让他们知道这户是有男主人的吗？"

· 29 ·

今年我犯太岁，于是前段时间在网上买了道太岁符，据说拿回来要用印泥按上自己的手印才能生效。因为正好赶上生理期，我有所避忌就没打开了。欧巴看了看那道符，嘲笑我说：“真是白上了那么多年学，这些封建迷信的东西也信！”

但今天他突然问我：“你那个……干净了吗？”我说：“干净啦。”他说：“那就快把那道符用了吧，买来就一直丢在那儿。”

他拿过符包仔细看了说明书，怎么填姓名和生辰，怎么按手印，全监督着我做完。后来他翻来覆去地看了半天说：“这破玩意儿真管用吗？”然后他把符包塞进我钱包里说，“好好带着，别丢了，明年这个时候还得把它烧掉。”

“哦。”

咦？C 君你不是个科技工作者吗？

· 30 ·

C 君性子一向少年老成，但偶尔“老夫聊发少年狂”一把，能把你气哭。

那天我正在认真地玩电脑，他突然走到我边上，把他的手机递给我，一本正经地说：“给你看个图。”

我伸头瞟了一眼，红乎乎的没看出是啥东西。凑近了定睛一看，啊啊啊！是个人头！！被砍下来的活生生的人头啊！！！我在毫无防备之下被吓得魂飞魄散，心脏都停止跳动了两秒！估计我要是有心脏病非得当场嗝屁不可！

我惨叫一声猛地一挥手，就把他的手机挥出了八丈远。

C君一下子急了眼，大喝一声鱼跃出去捡手机。

捡起来检查了一下，屏没摔碎，他扭头正打算骂我来着，突然听到我“哇”的一声哭了。他慌慌张张地跑过来说：“怎么了这是？咋还哭了呢？”

我抡起手来使劲捶他，边捶边号：“你这个王八蛋！你想吓死我啊！你吓死我了！呜呜呜……”

C君赶忙把我扯过来放在他腿上，一边给我抚背一边给我擦眼泪，说：“不哭了，不哭了，我错了，我不该吓陈小撸的，陈小撸胆子那么小我还吓她，真是太混账了！把她吓出个好歹来你说我怎么办？”

我哽咽着说：“吓出个好歹你就美了，你就可以改嫁了，不过那样的话，我做鬼也不会放过你的！”

C君给我擤了一把鼻涕，说：“好好好，千万别放过我，你要放过我，搁我都不答应！”

• 31 •

今天看了微博上的彩礼地图，我跟C君说：“我们重庆居然零彩礼，你也太幸运了吧，居然不花一毛钱就可以娶走我了。”

C君说：“那山东呢？”

我说：“要十五万。”

他拍拍我的头说：“那你可得加把劲了。”

• 32 •

去外地出差了一周，我刚回来，在楼下按了半天门铃C君才来接。他拿着话筒煞有介事地问我：“你是谁？你找谁？”

我凑上脸去对着门禁的摄像头说：“我找我欧巴，我是欧巴的小甜心。”

对面骂了我一句“傻德行”，就把通话挂了，接着门开了。

我上楼一进门就把行李丢下，喊道：“小甜心回来啦，有没有热吻迎接啊？”

C 君坐在沙发上冷漠地看了我一眼，说：“再给你来段热舞好不好？”

我灰溜溜地回卧室换衣服，脱到一半一双手从后面抱住了我，说：“你这浑球儿，几天不见还怪想你的。”

• 33 •

无意间发现 C 君的笔记本里有一个 TXT 文档，名字叫作“陈小撸”，我一看就赶紧点开了。

我看见里面写了两行字：

吃了会死：左氧氟沙星等喹诺酮类、克拉霉素等大环内酯类、一清胶囊。

吃过没事：头孢。

因为有过敏的惨痛历史，我感慨地说：“欧巴你对我真好呀。”

C 君哼了一声，说：“你要不听话，我就给你反着吃。”

• 34 •

周末和 C 君去爬山，我们坐着大巴车上山，一路盘山道弯弯曲曲，边上就是万丈深渊。C 君握了握我的手，说：“一会儿下车不要到处乱跑啊，掉下去可完了。”

前面一位年轻妈妈听见后不失时机地教育她五六岁的女儿，说：“听到没有，小朋友下车不要到处跑，掉下去就完蛋了！”

说完她扭头看了我们一眼，看到我后她愣了一愣，一言难尽地转过了头。

她还以为我也五六岁。

• 35 •

C 君去帮导师修电脑，把我也带去了，说晚上师母要给他做打卤面吃。

他在修电脑的时候，我百无聊赖地在他旁边转悠，突然看到对面屋门口放着台体重秤，于是我就走过去站了上去，然后听见“嘎嘣”一声。我赶紧跳了下来，发现那台体重秤，其实是台扫地机器人……它的壳，裂……裂了。

我惊恐地东张西望了一番，发现并没有人注意我，于是我就跑到客厅里坐着看电视了。

晚上打卤面吃得极不是滋味，我满脑子都是那台扫地机器人。我想着决不能告诉 C 君，不然他非揍死我不可！

过了几天，良心实在痛得厉害，我就把我家的扫地机器人擦干净用塑料袋装好，抱着它走到 C 君跟前假装镇定地说：“上次师母那么热情地招待我们吃打卤面，无以回报，我们就把这台扫地机器人送给她吧！”

C 君看了我一眼，说：“你脑子进水了？说什么胡话呢！”

我这才把踩裂了机器人的事一五一十地告诉了他。

C 君听完后瞪圆了眼，指着我“你、你、你”了半天都没说出话来。

我内疚地蹲在地上揪着耳朵说：“我知道我又闯祸了，但我真的不是故意的，欧巴你打死我吧。”

C君自我冷却了好半天，最后长叹了一口气：“陈小撸啊，你怎么就不能换个人祸害？咱社会主义的羊那么多，你就光盯着一只薅毛啊！”

我把机器人往他怀里塞：“你就把这台赔给老师吧，这台比他家的好用。”

C君把机器人一推，怒道：“要赔你自己去赔，我没脸去跟人家说。”

“我才不要去，我害怕！”

“我不怕？陈小撸你就见天地坑我吧！坑不死我你不罢休啊！”

过了两天我问C君，机器人到底还要不要赔给老师，不赔我就放它出来扫地了，地板上一层灰。

C君说：“放出来吧，那天我去老师家里，走路的时候假装踢了一脚，然后拿着它跟师母说，我把它踢裂了，问她什么型号的，我再给她买一台。但师母说：‘不是你踢的，是我孙子踩裂的。没事，裂了一样跑得欢着呢。’”

我愣了半晌，说：“所以……你师母她是真的有个孙子，还是在骂我啊？”

C君看了我一眼，说：“不好说。”

• 36 •

天太热了，我在肯德基的甜品站买了两支雪糕，和C君一人一支边吃边走，结果他手一滑雪糕“啪叽”一声砸地面上了。我和他大眼瞪小眼了一会儿，我说："这可是二十块钱掉地上了。"

C 君说："啥？二十块？这不是两块钱一支吗？"

我说："你这都哪年的老皇历啊，这是二十五块钱一支的北海道雪糕啊。"

C 君眼神复杂地看着地面雪糕渐渐融化的尸体，痛心疾首地说："你早说啊！我要知道它值二十五块钱，就不会这么随随便便地拿它了！"然后他咂咂嘴，惆怅地说，"怪不得奶味儿还挺足的。"

呜，看他那模样可怜的，我赶紧把自己的雪糕塞他嘴里，想把全世界的雪糕都补偿给他。

• 37 •

晚上和蒙奇奇以及她新交的男友进行了 Double date（两对男女一起参加的约会），听完他俩的认识经过后，我也要礼尚往来地讲述我俩的认识经过了。

我和 C 君一对眼，看他眼波平静并没有任何要发表意见的打算，我就知道又到了我放飞想象的表演时间了！

这是我们之间一件很有默契的事，对于我追他这件事，我有时想说，有时候不想说，对有的人想说，对有的人又不想说。后来 C 君就授权我对这件事全权做主了，任凭我爱怎么说就怎么说，他在能力范围内会尽力配合我。

于是我编了不少故事糊弄不明真相者。

今晚我又随口编了一个，我说："我和 C 君是在旅游大巴车上认识的，那天一上车我就靠着窗开始睡觉了，但迷糊中总觉得旁边的人窸窸窣窣地在我头顶上弄些什么。快到景区我才醒来，正好看见 C 君擦着车窗帘子在擦顶上的空调出风口。我说：‘你干吗？’他说：‘空调在滴水，你看你的肩膀……’我低头一看，肩膀处真的有一小块快干了的水渍。我说：‘你帮我擦了一路啊？太麻烦你了，你咋不跟我说呢？’他微微一笑，说：‘看你睡得挺香的。’后来在景区游玩我们都一块儿走的，回程的路上我又睡着了，他又帮我擦了一路的水，让我特别感动。所以当他问我要联系方式时，我就给他了。”

说完我看了看C君，他老僧入定般放空着，倒是蒙奇奇听得津津有味，还积极提问，说：“那回来的时候你干吗不和她换个位置？你去坐那个滴水的位置啊。”

C君淡然地说：“你问我干吗？对于故事的发展方向，我和你一样一无所知。”

E. 学车触技曲

·1·

我跟C君说我想养只小猫猫，再买辆小车车。

C君义正词严地说：“别想了，这两件事都没戏。”

我问：“为什么啊？”

C君说：“第一，你现在租别人的房子，你养只猫，家具不都给人家糟蹋了吗？第二，左右都不分的人就别老想着开车了，你要上路了我一天干不了别的事，铁定得琢磨陈小撸那二货怎么还没回家？不会是被人撞了吧？不会是撞人了吧？不管哪一种可能都够我喝一壶的了，你说这种日子怎么过？我怎么可能让你买车？”

敢情你的脑洞如黑洞，怪我？

·2·

清明小长假和C君还有栋哥夫妇一块儿自驾游，从我们小区出发，我强烈要求当司机，上了高速再让他们开。好说歹说他们总算同意了，我精神抖擞地扣上安全带，握着方向盘，踩上油门就走了。

小区的道比较窄，一边还停了一排车，基本就只能允许一辆车通过了。说时迟那时快，迎面开来一辆车，我不由分说地加大了油门就往前顶，对面居然也丝毫没有停下来让我先过的意思，于是我们的车脸对脸地卡在了狭窄的道上。

僵持了半分钟，对面司机摇下车窗喊："往后倒！"

我也摇下车窗探出脑袋冲他喊："倒不了！不会倒！"

那个司机脖子一梗，说："我也不会倒！那就等着吧！反正我不着急！"

我说："行，那就耗着吧！我也不着急！"说着我把窗子关上了。

当时车厢内一片寂静，过了一会儿C君说："明明知道过不去你还一个劲往前顶，你是怎么想的？"

我说："不是狭路相逢勇者胜吗？"

C君解了安全带，推开车门下了车，然后他把我揪了下来，还说："就你这德行，这辈子也别想开车了！"

·3·

过了段时间，我又壮着胆子跟C君提我想买车的事，但他依旧搬出他那套"左右不分的开车会死"的理论来压制我。

我马上说："经过我艰苦卓绝的训练，我现在已经能分清左右了！"

C君说："哦？那我们来做个实验。你，到前面站着。"

于是我走到客厅中央站着。

C君说："稍息，立正！"

我立马腰板挺得直直的。

C君继续发号施令："向右看齐！"

我"唰"地将头转向了右边。

C君突然说："右！哪边是右？"

啊，又错了？我急忙将头摆向相反的方向。半天没听到声响，我偷偷看C君，他抱着手臂端坐在沙发上，正一副奸计得逞的模样盯着我看。

我这才意识到我上当了！明明我第一次转的方向是对的，被他这么一诈就乱了手脚，我还是太年轻。

C君呵呵一笑，一副"真相大白于天下"的模样，说："对自己那么没自信吗？这充分说明你对左右方向还没有形成条件反射，所以，你还是不能开车。"

我不服，开车和左右到底有什么直接关系？驾校都只规定色盲不能考驾照，没说左右不分的人不能考啊！

C君说："驾校能让你拿本，和我不让你上路是两回事。驾校不在乎你死活，可我能不在乎吗？而且不光是左右的问题，你开车不规范的地方太多，我都不想说了。开车在遇到突发状况时，有良好的操作意识是你保命的唯一救命稻草。所以以后不要再提买车这件事，继续练习，等到我觉得你行了，我会主动提的。"

“可是……”

“终审判决，不得上诉！”

“我申诉！”

“死刑！”

呜……

F. 暗恋幻想曲

·1·

主动跟男生表白这事，其实我并不是第一次干。

我上高中时就跟一个男生表白过，在这里姑且称呼他为“慢”吧，因为他总爱说“哎，你慢着点”。

我们不同班，但住同一个小区，上学放学老能碰见。

慢也是一学霸，理科超强，隔三岔五的我总能从数学老师嘴里听到他的名字，他的成绩在我们那个年级组基本维持在前三的水平。

慢人如其名，超级慢热，我第一次跟他打招呼的时候，他摆出一副“你是不是认错人了”的错愕表情。发现我的确是在跟他打招呼后，他有些尴尬地抽抽嘴角，耷拉下眼皮默默地走了。倒不是他高傲瞧不起人，只是有点不谙世事的自我禁欲。

因为他长得清秀斯文，我们又总能见着面，再加上“学渣”对“学霸”的崇敬，少女总怀春的我便对他有了点想法。

我把这事跟闺蜜说了，好几次在走廊狭路相逢的时候，她都故意把我往他那边拱，然后“哧哧”地笑。我假装恼火地捶打她，说：“你要死啊？”我的眼睛却娇怯含羞地望向他。我觉得傻子都应该知道是啥意思了，但他就是一副不卑不亢的正直脸，和声细语地说：“哎，你慢着点。”

后来在闺蜜的怂恿下，在我们小区的一个凉亭里，我冒冒失失地跟他表白了。

他听完后站在那儿半天没吭声，我急得跟热锅上的蚂蚁似的，问他：“现在能不能给我答案？”他说：“不能……”

我一听知道自己表白失败了，觉得挺没面子的，就赶紧逃了。

不过打那之后再遇见他，他倒是会冲我微微点点头再附送一个尴尬的笑了。我也慢慢忘了表白那件事，就当一个认识的同学处着。

我们就这么君子之交淡如水地相处着，直到高中毕业，他去英国上大学，我在国内上大学，各自忙各自的事。我只能通过微信朋友圈了解他的动态，几乎每条都给他点赞，每条都留言，而他没有我那么盲目，大概是因为我一天可能会发好多条，而他能发一条就很不错了。

有时我会问他有没有看上英伦妹子，他说还是中国人比较顺眼，然后顺势问我有没有交男朋友。

他对我做过最赤裸的事也不过是煎了个心形牛扒然后艾特我，我说：“造型不错呀。”他说：“味道更不错……”呃，然后就没了，我早就习惯了他的含蓄和温吞。

·2·

后来我认识了C君，天雷勾动地火，我跟上了发条似的孜孜不倦地追求，倒有些冷落了慢，我也不在他朋友圈下面点赞了，也不留言了。他给我发过一条微信，问我最近是不是挺忙的。

我当时很狡诈地做着两手准备，如果C君实在追不上，我就打算跟慢挑明关系，不跟他再柏拉图下去！我迫切需要男人啊！

所以我并没有跟慢说我在追男生，等到我突然有天把C君的照片挂上了微信，并说“这是我男人”的时候，慢回复我说：“喂，慢着！你在开玩笑？”

我说：“是认真的！”

他回了我三个字：“你竟然……”

然后他就再也没有给我发过微信了。

后来过了两天闺蜜跟我说：“你恋爱了慢好像有点失落。”

我问她：“你怎么知道？”

闺蜜说：“他朋友圈发了句话，我觉得有点那意思。”

我翻了一下他的朋友圈，他的最后一条动态是一张他去老特拉福德球场看曼联比赛的照片。我就跟闺蜜说：“他哪有说什么话，明明是看球的照片。”

闺蜜就截屏给我看了，他那句话是：坚持了不该坚持的，放弃了不该放弃的。

他没让我看见这句话，而同时我还突然发现了他的一个小秘密，原来他到英国后发的一切朋友圈，都只对我一个人可见。

我一直很疑惑，如果他真的喜欢我，到底在默默地等什么呢？等我憋不住了再一次主动捅破那层窗户纸吗？他可真够慢的。

· 3 ·

在没遇到C君之前，我在他身上费了不少工夫。我会跟他分享我喜欢的电影、书和歌，有时他也会跟我分享他喜欢的一些东西。

但他推荐的东西对我这样肤浅的人来说，有些过于高深了。

例如他强烈给我推荐过《机壳特工队》，说沃卓斯基兄弟（现在已经是姐弟了）拍《黑客帝国》便是受到了《机壳特工队》的巨大启发。于是我便下载了一整套《机壳特工队》，只是看完第一集，我就忍不住默默地删除了。这样的硬核朋克风格的科幻动画片我真的欣赏无能，我还是喜欢看瓦力和波妞那样可爱清新的动画片啊。

而我觉得他最好的推荐莫过于傅真的《藏地白皮书》，读完后我找到了傅真的博客“最好金龟换酒”，一看就是好几年，一直看到她和先生铭基的小宝宝都降生了。

前段时间在看她新出版的两本游记时，我还曾短暂地幻想一下，若是我和慢在一起了，我们会不会像傅真和铭基一样，从伦敦出发踏上一段未知的冒险旅程，在我被巨风吹落山下的时候，他会不会莽撞地跟着跳下来拉我？

但我到底还是个不甘于精神恋爱的人，他拐弯抹角的古怪性格让我大多数时候无所适从，再干的柴缺了烈火也没法燃烧起来。而命中注定的，就在我纠结的时候，可怜的C君进入了我的视线，终成为我决定要围捕的猎物。

但我并不会对慢有任何的抱歉，这是个谁离开了谁地球都照样转动的世界，何况是慢这样一个有着强大内心和小宇宙的男人，原本我在他的世界里也不是一件必需品。

前段时间他突然在微信上跟我说：“你看了最新一集的《好声音》吗？”

我诧异地说：“你居然也看娱乐综艺？我都甚久不混综艺圈了。”

他说：“就看了一点，有首歌挺好听的，推荐你听听。”

我说：“好啊，正闹歌荒呢。”

过了一会儿他给我发了一条歌曲的链接，我一看是一首那英的歌，没想到他居然喜欢听那英的歌。我刚点开听了个前奏，手机突然进了个电话，我便接电话去了，打完电话我就忘了那首歌的事。

又过了几天，他问我：“歌好听吗？”我这才想起来，匆匆戴上耳机把歌听完。最后我跟他说：“挺好听的。”

但他没再回我。慢不愧是慢，永远也不会说出你想听的答案。

那天我将这首歌单曲循环了一整天，总觉得歌里是否隐藏了他的一些心情。

忍不住化身一条固执的鱼
逆着洋流独自游到底
年少时候虔诚发过的誓
沉默地沉没在深海里
重温几次
结局还是
失去你

我被爱判处终身孤寂
不还手 不放手
笔下画不完的圆
心间填不满的缘
是你

为何爱判处众生孤寂

挣不脱 逃不过

眉头解不开的结

命中解不开的劫

是你

四

鲸鱼的重量

·1·

从学校毕业的时候，我没跟着去车站送任何人，因为光在楼上看着他们远去的背影，我就已经要哭成狗了。

吃饭时我很忧伤地跟C君说："我有点接受不了毕业这种各奔东西的设定，想想就好想哭。"

然后C君跟我说了一件他大四毕业那年的事。

C君读本科时，寝室有一个男生老家是革命老区，那里闹革命时怎么穷，现在还是怎么穷。穷到什么程度呢？为了省钱，他早上买八个馒头和一包咸菜，早上吃俩，中午吃仨，晚上吃仨。

某天他在寝室就咸菜啃馒头的时候叫C君看见了，他拉着他说："走走走，吃饭去，光吃馒头哪能饱？"

但那个男生婉拒了。

打那后，一个月中有那么几天，C君会找那个男生踢几局FIFA，约好输的请吃饭。那四年里，C君基本没赢过。

后来大四毕业时C君继续读研，那个男生去外地工作。临走时C君去车站送他，正勾肩搭背说着"以后要多保重了，一路顺风"的时候，那个男生突然抱住了他，哽咽地说："以后找机会再踢两局球啊，这次你可别再让我了。"

C君说："好好好，没问题。"然后他鼻子一酸，眼眶也有点湿润了……

我问C君："那这个男生现在怎么样了？生活有所改善吗？"

C君说："他一直都很能吃苦，人也聪明，生活肯定能比从前好，起码请我吃顿好的是没问题了。"

啊，真好！善良的欧巴和努力的男同学。

有那么多人都在靠自己的努力变得越来越好，我瞬间觉得这个世界都充满了正能量，看来我也要加把劲好好经营自己的生活了呀！

·2·

那天C君开门回来，他站在玄关处发了一阵呆，嘴里念念有词。

我还没来得及问他怎么了，他便又掉头出门下楼去了。我急忙追到门口，朝着楼梯口喊："欧巴，你干什么去啊？"

过了一会儿他上来了，一副怅然若失的表情。

原来事情是这样的。

C君进小区门口的时候遇见了一只黏人的白猫，可能是因为他提着一袋烧饼，那只猫便一路蹭着他裤腿从小区门口跟到了单元楼门口。C君在门口逗了它一阵，还掰了点烧饼给它吃，但它并不感兴趣。于是他便刷卡进门了。

本来那只猫还想跟着进门的，但C君用腿挡了它一下，说："进来了可就出不去了，还是在外面玩吧。"接着他随手把门关上了。

走到一楼拐角处，他回头看了一眼，发现那只白猫正规规矩矩地蹲在门外面望着他。他心中一动，于是这一猫一人就这么彼此对望了半分钟有余。

上了楼C君越想越不安，他说他总觉得那只猫跟他很有缘，而且它还是白色的，长得有点像他家里前不久死掉的那只猫。

他说："说不定是咪咪转世投胎呢。"（C君你不是博士吗？）

进了门他思想斗争了半天，决定如果现在下去它还在，他就把它带回家来。

结果他下楼再看，早已不知猫何处去了。

C 君很遗憾地说：“这死猫为什么不耐心等等我呢？”

我安慰他说：“它可能脸皮薄，见你拒绝了它，它就走了。”

他说：“一只猫脸皮那么薄，它咋不学学陈小撸？”

·3·

那天朋友突然给我打了个电话，说她爸爸得了肝癌晚期，刚说完她便痛哭失声。于是她在电话那边哭，我在电话这边陪着她哭。

C君走过来默默把一盒纸巾放在了我腿上。

朋友在为是否手术左右为难，也为是否继续瞒着父亲进退维谷，问我应该怎么办才好。我马上给了她我的建议，我说：“你父亲还那么年轻，一定不能放弃，一定要采取积极的措施，要手术啊！”

朋友哽咽着说：“大夫说了，只有百分之十的成功率，就算成功了，在没有别的病灶的情况下，生命也只是能延续一两年……”

我说：“万一有奇迹呢？万一一两年出了新的技术和新药呢？”

C君在边上用手肘捅了捅我。

挂了电话后，我擤了把鼻涕问他：“你刚刚干吗捅我？”

C君正色道：“你不应该说那些话，你可以委婉地建议，但不应该这么旗帜鲜明地表达你的态度。什么一定要做手术，什么会有奇迹，哪有那么多奇迹发生呢？现在人家正处于绝望的时刻，就像落水的人你给她丢什么她都会去抓，如果你的建议她采纳了，将来出了什么问题，你一定会落埋怨。”

我说：“是她问我意见我才说的，我怎么还落埋怨？”

“这种事能拿主意的只有她自己，她显然是害怕自己的决定会留遗憾，才寻求别人的帮助，采纳别人的意见，等将来真出了事自己心里能稍微好过点。”

我说：“只要能让她好过点，我甘愿落埋怨。她家就她一个女孩，要她独自做出这种决定太残忍了。倘若你摊上这种事，你会怎么决定呢？”

C君说："我有没有跟你说过我妈的事？那是我上大一那年放暑假回家，我正在家里睡觉，突然邻居来砸门，说我妈在楼底下被人抢了包，还被人用榔头砸了头。我衣服都没来得及穿，穿着个裤衩跑下楼，就看见我妈后脑勺鼓起一个大包，已经不省人事了。我把她送到医院，大夫说是脑血肿，现在有两种治疗方案，一个是保守治疗，观察二十四小时，看血肿能不能自己吸收，如果吸收不好有瘫痪的可能；另一种是激进治疗，手术介入抽血肿，但这有可能会伤及神经，也有瘫痪的可能。我考虑了半分钟说做手术吧，我都没顾上给我爸打电话就在手术单上签了字。大夫开始还犹豫着不让我签，说要不要等我家长来了再说。但我觉得事关脑子，耽误一秒情况都可能会无法逆转。我跟他说我爸在外地来不了了，只能我做主。其实我妈进手术室后五分钟我爸就赶到了。后来我妈对这事一直耿耿于怀，说幸亏自己命大运气好，不然可能就被我的自作主张害死了。实际上要让我爸选，他也会选激进治疗。我想说的是：一旦做出一个决定就不要后悔，天灾人祸，谁摊上都没办法，选择你觉得最好的方案并坚定执行，永远不要后悔。即使我的决定让我妈瘫痪了，那我也认了，就照顾她一辈子吧。我不会去懊恼如果当时做另一个决定就好了，也许结果会不一样。因为任何选择都有风险，你没办法做到面面俱到或折返重来。"

我依偎在他身边说："真可怕，欧巴我们能不能同年同月同日死？那样我们就不用面对这么残酷的难题了。"

C君说："这不现实。假如是我得了绝症，你胆子那么小，遇事又慌，除了满地打滚也不会什么了。这么想来，我还是得活得比你长啊。"

我噘着嘴说："你当然想活得比我长了，男人三大喜事，升官、发财、死老婆！”

“那我先死，你可以欢天喜地地改嫁去！”

我紧紧搂住他的臂膀说：“我才不要，你死了我也要跟你去死！”

“你要跟着陪葬吗？”

我笃定地点了点头。

C君笑道：“笨蛋，你就扎个纸的陈小撸烧给我就好了，犯不着亲自下来陪我。”

“可纸娃娃哪能代替我？它哪有我可爱呀？”

C君拂了拂我的头发：“是啊，谁也替代不了你，谁也没你可爱。”

·4·

起初，世界上只有一个男人，会将一条蒸鱼身上的鱼肚子完好无缺地留给我，那个男人就是我爸爸。

后来，世界上有了两个男人，会将一条蒸鱼身上的鱼肚子完好无缺地留给我，那是我爸和我哥。

我哥会留给我，是在与我长期抢食的道路上养成的条件反射。在我还比较小的时候，一旦筷子下得慢了点，鱼肚子是极有可能落入他口中的。有一次这一幕正好叫我瞧到了，我幼小的心灵突然承受不了这样的打击，直接从椅子上歪下来趴在地上哭。我边哭边用手中的筷子拍地，大喊：“他吃我的肉肉！那是我的肉肉！”我妈为了哄我很凶地叱我哥：“一条鱼那么多肉，你非和妹妹抢那块做啥子！”

现在我哥对鱼肚子已经视而不见了，有时他会专门把鱼肚子那块肉夹下来堆在一边，说：“快把你的肚子拿走！”

而现在，世界上已经有了第三个男人，会将一条蒸鱼身上的鱼肚子完好无缺地留给我，那就是C君。

第一次和C君吃鱼是在一个学长的婚礼上，一桌十几个人，一轮转下来鱼肚子早就进了别人的嘴里。我看着残缺的鱼问C君：“你最爱吃鱼身上哪个位置？”

C君说：“鱼肚子，肥美。”

我“呀”了一声，说：“那怎么办？我也最爱吃肚子，可一条鱼身上就两片肚子。”

他说：“两片不正好吗？”

我说：“哪里正好了？我吃两片，你就没啦。”

C君皱了皱眉，说：“你这倒霉孩子，不指望你孔融让梨，起码也得懂得平均分配吧。”

后来我去上厕所，回来发现碗里平白多出了一大片鱼肚子肉。我看了看C君，问他怎么回事。

他说：“刚刚又上了一条鱼，好不容易给你抢了片肚子。”

我一口咬下去，软糯糯，油汪汪，太幸福了。

张小娴有一本书叫《幸福鱼面颊》，写到每次吃鱼时，她喜欢的人总是把她最喜欢的鱼脸肉留给她，说多吃会变得漂亮。目前她吃下的鱼面颊加起来的分量已经有一条苏眉鱼那么重了，一直这样下去，将来会有一条鲸鱼那么重也说不定。

而因为有了这三个男人，我可以理直气壮地宣布，全世界的鱼肚子都叫我一个人承包了！相信在有生之年，我一定也能吃足一条鲸鱼那么重的鱼肚子！那么连“幸福”这样主观抽象的概念也能被量化了。我拥有的幸福，它约等于一条鲸鱼的重量。

·5·

晚上和 C 君去吃海底捞，吃完出来的时候天开始飘起了毛毛雨，寒风一刮，冷得人直哆嗦。

我用手机叫了车，站在路口等，可今天这车真是邪门了，左等不来，右等还不来，看 GPS 定位，明明车已经开过来，却又掉头跑了。

天冷得我有些急躁，我给司机打电话，电话通了，可没说上几句又断了。等再次拨通了，我粗声粗气地跟他说：“你开哪儿去了啊！我们就在路口站着呢，你刚刚都开过了！你得掉头回来啊！”

司机满口称是。

挂了电话又等了五分钟，我眼睁睁地看着车子的定位轨迹又一次完美地避开了我们。

我出离愤怒了，跟C君说："我要取消订单，重新下单，这司机有病！"

C君拉住了我的手，说："再等等吧，可能是新手，路不熟。"

"路不熟，跟着导航的指示也不会走吗？也不知道是哪儿的口音，我听他说话费劲，他估计听我的也费劲。"

C君要过了我的手机，说："那你肯定是没说清楚，我来跟他说。"

C君和司机又沟通了半天，又等了五分钟，车子终于停在了我们面前。

一上车司机就回头冲我点头哈腰地道歉："实在不好意思，路不熟，晚上也看不清路牌，开过了好几次。"

我已经被冻得没脾气了，绷着脸看窗外。

C君说："我看您的接单数是'1'，今天第一次出车？"

司机说："对对对，你们是我的第一单客人，真不好意思，第一次就这么不顺利。"

"没事儿。听您的口音，像是山东那边的？"

"对对对，淄博的。"

"那咱还是老乡呢，我是青岛的。"

"哎呀，那可近呢。你们是来这儿念书的吧？我儿子也在这儿念书，刚上大一。"

"他是哪所学校？"

"D大。"

"呵，就在我们隔壁，近得很。你们是举家都来这儿陪孩子上学的吧？”

“哪是啊，来给孩子赚学费的。以前我开大货车，单位不景气倒闭了，去年刚下岗。他妈也没工作，没事在家给人裁裁衣服。我也不能天天在家里坐着啊，所以就来这里租了这辆车跑滴滴，结果赶上的时候也不好，听群里人说，大不如以前好做了。”

“也是不容易，但跑勤快点还是能赚点钱吧？好歹先把孩子供出来，等他工作了，你们就能松快点了。”

“我也是这么想的，一天跑他十二个小时。就是这不熟路是个麻烦事，像今天就把你们耽误了。”

C君指着夹在车载支架上的手机说：“你这不有导航吗？跟着导航走就没问题。”

“导航是有，但它不出声儿，我老得盯着看，一不留神就开过了，刚刚不就开过了好几回吗。”

“怎么会不出声儿呢？你把手机给我，我给你看看。”

“好好好，太感谢了。这可帮了大忙了！”司机说着就要摘手机。

C君摆了摆手，说：“不忙，一会儿红灯了再拿。”

“对对，安全第一。”

最后C君帮司机师傅解决了导航声音的问题，在导航的指引声中，我们到达了目的地。

下了车，司机叮嘱我们路滑慢点走，还有些腼腆地说：“还得麻烦你们给我一个五星好评。”

C君微微矮下身子冲着车厢里的司机说：“没问题，您也慢点开。”

我和C君顶着蒙蒙细雨往家里走，我紧紧搂着他的手臂。他扭头看了我一眼，说：“冷啊？”

我轻声说:“不冷。”

他抓起我的手放进掌心里搓了几下,说:“还说不冷,冰凉冰凉的。”

我踮起脚在他脸上亲了一下。他轻轻一笑,说:“怎么了?”

“我好喜欢你呀。”

我有时会在C君对外人伸出援手表示善意的时候嘲讽他,比如“那么好心干吗?”“和你有什么关系?”

而细究这深层次的原因,是因为对待世界这样温暖的C君,却曾让我吃尽了苦头,他温暖了全世界,却唯独曾经对我那么残酷,一想起这个我就心理不平衡。我曾以为这是我要记一辈子的事,是永远梗在喉咙里的一根芒刺。

可他的温和善良慢慢软化了那根刺,他让脾气毛躁的我逐渐变得平和,让三观崎岖的我学会包容。

我喜欢会帮大娘捡葱的他,会在公交车上让座的他,会耐心教导房东太太学打字的他,会每天和扫楼道的大叔说“早上好”的他,会轻易将家里的wifi密码告诉邻居家熊孩子的他,会给全小区最难看的流浪狗丢烧饼的他。

我是多么喜欢这样的他,外表坚硬,内心柔软。

我的微博上常会收到一些姑娘的私信,问该不该像我一样厚着脸皮奋不顾身地去追求一个人?我总是没有办法给她们一个肯定的答案,因为我不知道她遇上的那个人,值不值得她抛下自尊、奋不顾身?追求和时间、金钱一样,你要投入的都是一望无际的沉没成本,感情是一种很玄乎的东西,从不以你的付出为转移。

但好在我们还年轻,还可以走几次回头路,如果那个男生聪明善良、宽以待人，那么你就勇敢地去追吧！因为这样的男生，不管最后成功与否，都如万芳的那首歌里唱的一般：

就值得了爱，就值得了等，就不枉青春，就不枉此生。

>>>后记

这个故事的最开始，是因为我和C君之间闹了些矛盾，上豆瓣发了个不可描述的帖子，渐渐有了一小撮观众，后来转战到了微博，几年间，在微博上断断续续地写了八百多条和男友没羞没臊的小事。

二〇一六年年末，突然收到了小沐的私信，说有意向要把我的微博内容编辑成书。当时我跟她说我得回家跟我男友商量一下，毕竟他是男主角嘛。

然而过完年回来，我也没有跟他商量半个字，就理直气壮地签订了合同，开始写书了，直至书问世他都被蒙在鼓里。因为男友是个特别循规蹈矩的老实人，这样高调的事他真的接受不了，不过拿了稿费我还是会请他撸串的，给他多要俩大腰子，毕竟他演出也挺卖力的。

在和小编敲定书名的时候，也是几经波折。最开始编编设想的名字是我微博简介的一句话，“专业坑男友一百年”。结果坏在了“坑”字上，出版社没有通过。

后来有一天看电视，翻过CCTV科教频道，一个猎豹扑倒羚羊的画面一晃而过，我一骨碌坐了起来把台调了回去，盯着电视看了半天羚羊和猎豹的殊死搏斗，想着这不就是……我们俩吗？

只不过在我们的爱情食物链里，我这猎豹是短腿肚圆的二等残废，而这只羚羊却是矫健得不行的二级运动员，无数次流着眼泪饿着肚子回巢，无数次想过要放弃，我干吗非要费劲地去扑羚羊呢？田鼠野兔凑合吃两口不也能饱吗？但好在我终究是不肯服输的人。

打小我就爱看《西游记》，尤其爱看妖魔鬼怪施十八般武艺、拿家传法宝擒拿唐僧，长大了更知那些大费周章要吃唐僧肉的妖怪，都是为了理想虽千万人吾往矣的真战士啊，只不过它们在通往理想的路上折戟沉沙了，而经住了磨难的我和唐长老搭伙取真经去了。

最后定下书名是“如何捕捉一只野生男友”，但在正式出版的时候，去掉了“如何”二字，编编觉得书名太长，也怕误导了读者，毕竟这不是一本正经教女生如何追求男生的书。想想也是啊，不过是小概率的偶然事件，只能写出来博君一笑。

虽然自己是个行动派，但对主动追求男生，我持既不赞成也不反对的态度，因为并不是所有你看上的男生都值得你花费时间和精力去追求，希望每个情窦初开的妹子都要知道，一个男生最重要的不是长相，甚至不是才华，是人品啊。

只希望在遇到真正值得你拥有的男生，而你踌躇难决的时候，这本书能给予你一点儿粗糙的勇气，把这临门的一球踢出去。据专家研究，百分之九十的人类一生百分之八十的时间都在虚度，所以无论球是飞向天空或应声入网，谁又会后悔将一段青春和时间虚度在一个美好的男生身上呢？

最后，我要发射点好运的动感光波，希望每位看到这里的单身同学们，都能尽早脱单，找到只属于你的欧巴，像我一样当一只有主人的幸福狗啊！

你永远忠诚的朋友 陈小撸